聖女が「甘やかしてくれる優しい旦那様」を募集したら国王陛下が立候補してきた

2

瀬尾優梨

Illust. 昌末

人物紹介

Introducing Characters

ステイシー・ブルクハウセン

星女神教会の優秀な聖女でクライフ国次期王妃。根は優しいが敵対する者には容赦しない。『結婚しないため』に出した8つの条件を知ったリュートが求婚しにやってきて婚約することに。

ドロテア・デボラ・ブルクハウセン

ブルクハウセン公爵家の長女。

伯爵家の出であるステイシーに王妃教育を施すため公爵家に迎え入れた。実は妹が出来て喜んでいる。サバサバしているが恋愛に関しては乙女。

リュート・アダム・ランメルス

クライフ国の王。心優しく寛大。

考えるよりも体を動かすのが得意なタイプ。数年前にステイシーに出会い初めて恋をした。

アロイシウス

前クライフ国王。リュートの兄で頭脳派。

不慮の事故によって大怪我を負い、リュートに王の座を譲位した。

サミュエル・ノルデン

国王親衛隊員。国王の御側付き。

奔放な主君に日々振り回されながらも裏表がなくまっすぐなリュートをなんだかんだ主君として認め支える。苦労人。

Contents

❈序章❈　聖女、二つの顔を使い分ける

「……ということで、今回の魔物討伐作戦では星女神《せいめがみ》教会の神官にもおたくの私兵団にも重傷者を出すことなく、予定通りに終わりました。ご確認を」

ぼんやりとランプの光が灯る部屋にて。そう言って報告書を差し出したのは、若い女性。

艶やかな髪は日光の下だとけぶるような黒灰色で、強気な光を湛《たた》えた目は赤茶色だと分かる。だが今は時刻が夜でありしかも明かりの乏しい室内であるため、どちらも闇の中に沈むような黒色に見える。

纏《まと》っているのは星女神教会の「聖女」の身分を表す白いローブだが、口元に浮かべた薄い微笑やにらみつけるような視線も相まって、その姿は聖女というより魔女に思われる。

彼女から書類を受け取った男は文面にざっと目を通し、うなずいた。

「……さすが、星女神教会の誇る聖女様だ。おかげで我が領内の街道の安全が保証されるでしょう」

「それは私としても、嬉しいことでございます。人々が安全に国内を移動できるのであれば、陛下もお喜びになるでしょうからね」

報告書の末尾にサインをしようとペンを取った男の手が、ぴくりと震えた。だが女性はそれに気づいたそぶりは見せず、「そういえば」と明日の天気でも話すかのような気軽な口調でつぶやく。

「私、今回の討伐作戦で少々気になっている点がございまして。……あなたは『近頃、魔物が街道に出没するようになっている』とおっしゃっていました。確かに、該当する街道では小型の竜を始めとした魔物が出没しておりましたが……それにしては、きれいだったのです」

「……何がでしょうか？」

「地面です」

女性は、ほっそりとした指先を自分の足下に向けた。

「魔物の出没に難儀しているというわりに、馬車道の舗装などは比較的きれいだったのです。……周辺の木々はなぎ倒され、馬車の停留所などは壊されていた。それなのに、地面や舗装などはきれいだった……それは、なぜか」

「……」

「……馬車道の舗装に使われる石灰膠泥《こうでい》は最近、値上がりしておりますものね。切り倒したものをすぐに利用できる樹木や既に老朽化していた停留所などはともかく、舗装は買い換えに費用が掛かります。……『魔物の被害に困っている』という設定を作るための舞台装置とはいえ、無駄な出費は避けたいですものね？」

そこで彼女は、正面に座る男をじっと見つめた。

「……今回の討伐作戦、私が無傷で帰還して……さぞ残念だったでしょうね。もし私が死亡……とまでゆかずとも負傷をすれば、国王陛下の婚約者としての座から追い払うことができたかもしれませんもの」

「何をおっしゃるのか」

「私が言いたいことならば、あなたが誰よりもよくご存じなのでは？……あなたがご息女を王妃にしたがっていること、そして社交界などでもたびたび私の悪口を言っていることは陛下もご承知です。……そんな、あなたが毛嫌いする私をたかが街道の魔物討伐作戦の代表に依頼するという時点で、疑って当然でしょう？……おかげさまで、あなたが私の負傷だけでなく養父であるブルクハウセン公爵の失脚をも画策している、という証拠も得られたので、あえて罠に引っかかってよかったです」

「……悪女が」

男が唸《うな》るように声を絞り出したため、女性はにっこりと笑った。あっさりと本性を見せてくれれば、こちらとしても助かる。

「ええ、おっしゃるとおり、私は悪女です。……私自身の望みのため、そして敬愛する陛下の名誉をお守りするためなら、私は喜んで悪女になります。陛下の清廉なる治世のために、いくらでも汚名を被りましょうとも」

女性は、笑った。

ゆらめくランプの明かりを受け、その顔は悪女にふさわしい傲慢さで、人を見下すような眼差しをしていた。

＊　＊　＊

星女神教会の聖女・ステイシーが、とある貴族を断罪してその別荘のあった場所を更地にした、翌日。

「昨日はドリーセン公の摘発で、世話になったな」

「滅相もございません、陛下。彼は忠臣の顔をしながらも裏では、競合する勢力を裏から潰そうと企んでおりました。当然の行いをしたばかりです」

「……まだ、俺の治世を快く思わない者はいるということだな」

ステイシーの言葉を聞いてそうつぶやいたのは、燃える赤毛を持つ大柄な男。

ジャケットやスラックスは盛り上がる筋肉のせいでぱつんぱつんで、腕は丸太か何かと思うほど太い。大きな手で繊細なペンを持っているが、本気になれば彼はその右手でレンガブロックをも一撃で粉砕できるのだと、ステイシーは知っている。実際に目の前で見たので。

そんな国王・リュートのつぶやきに、ステイシーは目尻をつり上げた。

「陛下、そのようなことをおっしゃらないでください。ドリーセン公は、自己顕示と己の出世のためだけに非道に走りました。あなたはいつでも、胸を張って私たちに指示を出してください。信じるものが揺らぐことがなければ、私たちは強くいられるのですから」

「……そうだな。ありがとう、ステイシー」

リュートは微笑《ほほえ》んでから、壁に掛かった時計を見上げる。

「……そろそろ休憩時間だな」

「そうですね。では、お茶でも……」

「あ、では私が準備して参りますね」

ステイシーが言った瞬間に飛び込んできたのは、国王親衛隊である騎士のサミュエル。

侯爵家の嫡男で、リュートとは見習い騎士時代からの仲だという彼は、ステイシーとリュートがやりとりをしている間は脇に立ち、手元の帳簿に何かを書き付けていた。だがさっと顔を上げた彼は他に室内にいた使用人や騎士たちに「あなたたちも手伝うように」と呼びかけ、皆を連れて部屋を出て行ってしまった。

（もしかして……もしかしなくても、私たちのため……？）

ステイシーは、はっとした。

普通、良家のお坊ちゃんである騎士は茶の仕度なんてしない。彼があっという間に部屋を後にしてしまったのは……この場にステイシーとリュートを二人きりにしてあげたい、という心遣いゆえなのだろう。奔放な主君にいつも振り回されては虚無の顔になっているサミュエルだが、何だかんだ言って気が利くし世話焼きな男だった。

「……あいつ、茶なんて淹《い》れられたのか？」

サミュエルの心遣いにすぐ気づいたステイシーと違い、リュートは不思議そうな顔でドアの方を見ていた。

「前、『私は使用人じゃないので、お茶くみなんてできませんよ』とぼやいていたが……悪いことをしたな。止めに行くか……」

「待ってください！」

腰を上げようとしたリュートに、ばっとステイシーは飛びついた。彼は善意でサミュエルを止めようとしているのだろうが、逆に彼をげんなりさせるだけだろう。

「あ、あのですね。多分、ですが。サミュエルは……気を遣ってくれたのだと思います」

「気を遣う」

リュートはとてもいい声で反芻《はんすう》して――数秒後、「ひらめいた！」といわんばかりに目を見開いた。

「……分かった！　サミュエルは、俺とステイシーが二人きりでいられる時間を作るために、皆を連れて出て行ってくれたのだな！」

「おそらく……」

大正解はなまるだとは思うが、いざ口に出されると意識してしまい、ぽぽっと顔が熱くなってくる。

リュートはそんなステイシーを見ると小さく笑い、ソファに座り直した。

「では、部下の気遣いに応えなければならないな。……ステイシー、こちらに」

……今リュートが唇に載せた「ステイシー」には、先ほど業務関連の話をしているときとは全く違う、甘えるような響きが含まれていた。それに気づいたステイシーは、もじもじしつつも「……はい」とおとなしく応じた。

ステイシーがリュートの隣に立つと、立ち上がった彼はその小さな体をぎゅっと抱きしめた。

「きゃっ、陛下っ！」

「……先ほど真剣な会話をしているときのあなたを前にすると、自然と俺も背筋が伸びた。だが

……こうして、恥じらい照れているときのあなたを前にすると、俺もつい甘えたくなってしまう」

「陛下……」

「ふふっ。……いつもは凛としているあなたの照れた顔は、たまらなく愛らしいな」

リュートは満足そうに笑うと、ステイシーの頬に軽くキスを落とし、彼女が「ひゃっ!?」と悲鳴を上げて顔を真っ赤にするのを見てますます笑みを深めた。

……昨日ステイシーにめったためたにやられた貴族がこの光景を見れば、「詐欺だ!」と叫んだかもしれない。それくらい、昨夜ステイシーが底冷えのするような笑顔で貴族を追い詰めたときと今の表情には、大きな乖離があった。


ブルクハウセン公爵令嬢である、聖女・ステイシー。

彼女がクライフ王国の若き国王のもとに嫁ぐまで、あと半年。

❀1章❀ 聖女、未来のために頑張る

広大な領土と温暖な気候に恵まれた、クライフ王国。この国の現国王であるリュート・アダム・ランメルスは、兄王が落馬事故に遭ったことにより二十歳にして王位を継いだ。

彼の即位に関して、様々な声が上がった。まず、リュートは元々王位を継ぐ可能性の低い第二王子であり、騎士団で体を鍛えながら育った。よって聡明な兄のように幼少期から帝王学を教わっていたわけではなく、むしろどちらかというと脳筋な彼に国王が務まるのだろうか、という危惧。

また、その優秀な兄・アロイシウスの後任になったというのも、リュートにとって苦しい出発地点となったと言われる。先王が凡人以下であれば多少リュートの能力が劣っていたとしても、とやかく言われなかっただろう。

だがアロイシウスは短い即位期間中に諸問題を解決していき、これから彼の黄金時代が始まる……と思っていた矢先の退位だったため、リュートでは兄のように皆を率いることは難しいだろう、と噂されていた。

だがリュートは、うまく立ち回った。自分が未熟であることを誰よりもよく理解している彼は、遠慮なく他者を頼り、馬鹿正直――もとい性根がまっすぐであることを武器にして老獪《ろうかい》な貴族たちと渡り歩いてきた。そして鍛えた体をもって魔物退治などにも積極的に乗り込み、兄とは違う形で国を治めようと努力した。

意外と新国王はやるかもしれない、後は妃と跡継ぎができれば……とささやかれていた矢先、彼は妃となる女性を自力で連れて帰った。

彼女の名は、ステイシー・ブルクハウセン。王家の血を継ぐ名門であるブルクハウセン公爵家に引き取られた、元伯爵令嬢。星女神教会において聖女の地位を授かる、優秀な神官である。

艶やかな黒灰色の髪に、目尻がつり上がった赤茶色の目。美人、とも可愛らしい、とも言いがたい、どちらかというと「きつめ」な雰囲気の漂う彼女は、一部の者からは「悪徳神官」や「猛牛聖女」などと呼ばれ恐れられている。星女神の名のもと、悪人を摘発したり魔物をぶちのめしたりするのが大好きな、非常に物騒な令嬢であった。

……そんな彼女だが、子どもや年寄り、弱者などにはとても優しく、また恋愛とは縁のない生活を長く送ってきたため初めての恋に戸惑う少女のように初々しい表情を見せることもある……というのは、彼女に近しい者だけが知っていることだった。

＊＊＊

ステイシーは、真顔で鏡の前に立っていた。

「ステイシーお嬢様。こちら、先日陛下から贈られた秋物のドレスでございます。最近の流行を押さえた袖口が大きめに開いたデザインにしつつもクライフ王国の伝統的な文様も盛り込んでいる、新と旧の融合が見事な品ですね」

「ええ、本当に。……今日はそれを着ていくわ。準備をお願い。あと、このドレスにぴったりな装飾品も見繕ってちょうだい」

「かしこまりました」

メイドが一礼して、落ち着いた赤色のドレスを手に下がった。クライフ王国の大通りを彩る紅葉した木々のごとき色合いのドレスは、十九歳の娘が着るにしてはやや地味かもしれない。だが落ち着いたデザインなので、季節的にもぴったりだし……自分の目の色とよく似ているので、ステイシーはとても気に入っていた。

「……使用人に指示を出す姿、様になってきたわね」

「ドロテア様……」

首を横に向けると、衣装部屋の壁際に立つ令嬢の姿があった。豊かな銀色の巻き毛を垂らした彼女は、ブルクハウセン公爵の実子である公爵令嬢で、ステイシーの同い年の姉である。彼女はいずれ王妃になるステイシーのため、淑女教育を施してくれていた。

閉ざした扇子《せんす》で口元を上品に隠すドロテアは、鏡の前に立つステイシーの姿を上から下までじっくり眺める。

「少し前までは遠慮しながらの指示出しで、逆にメイドたちを困らせていたものです。……まあ、あと半年で王妃になるのですから、これくらいでないと困りますけれど」

「ご指導に感謝します」

「どういたしまして。……ただ、ねぇ。凛とした表情を心がけているつもりなのでしょうけれど……口元がにやついていますよ？」

「えっ」

ドロテアに呆れ気味に指摘されたステイシーは、さっと横を見た。鏡に映る自分の姿は、「私の考える最高に凛々しい顔つき」のつもりだったのだが……よく見ると確かに、口角が上がっていた。

（あわわ……！　頑張ったつもりなのに、ついにやけちゃった！）

慌てて両頰を手で押さえて揉んでいると、ドロテアが小さくため息をつく気配がした。

「……まあ、気持ちは分からなくもありませんけれど。あの筋肉バ――婚約者からの贈り物を前にして嬉しくて、つい感情を表情に出してしまったのでしょう？」

「うっ……そんなところです……」

「素直なのは、あなたの美点ですからね。……今は身内しかいないのですから、多少にやけても大丈夫です。公の場では己を律することですよ」

「はい、肝に銘じます」

「よろしい。……では、うんとにやけなさい」

「いざ命令されると、やりにくいですね……」

あはは、とステイシーが笑うと、扇子を下ろしたドロテアも微笑んだ。今はドロテアの「先生」モードが解除されているからか、ステイシーが少々だらしなく笑っても注意するどころか、楽しそうに目尻を緩めて笑っている。

ドロテアはリュートのはとこにあたり、子どもの頃はアロイシウスやリュートの妃候補になったこともあるそうだ。だが今の彼女はリュートのことを手の掛かる弟――実際はリュートの方が年上だが――のように思っているようで、ステイシーのことも妹のように可愛がってくれていた。

そんな彼女は、清楚な女性が好まれるクライフ王国の公爵令嬢でありながら、なかなか活発で大胆な性格をしている。その性格ゆえ悩むことも多かったそうだが、ステイシーという同じく型破りな令嬢仲間ができたからか、最近はツンとした表情を緩めることも多くなっていた。

なお、「こんな性格だからか、なかなか良縁に恵まれなくて」と彼女は笑っているが、ドロテアは夢見がちでロマンチストなので、彼女のお眼鏡にかなってかつその気持ちに同調してくれる男性を探すのは難しいかもしれない。

とはいえ、そんなドロテアに惹かれる男性も案外いるのだとステイシーは知っていた。ただ、「公爵令嬢」「次期王妃の姉」「国王のはとこ」などといった立派な肩書きがかえって壁として立ち塞がっており、それらを突破できる者はまだ現れないようだ。

（何にしてもドロテア様にも、幸せになってもらいたいわ。ここまで私のことを指導して、背中を押してくれたのだから……）

なお様々な困難を乗り越えた先には、親バカなブルクハウセン公爵が待ち構えている。ドロテアへの愛を武器に公爵に立ち向かっていける男気のある者が現れることを、ステイシーは願っている。

「……そういえば今日は、御前会議に参加した後で陛下からお話があるのでしたっけ」

メイドが宝飾品などを手に戻ってきたので彼女らに着付けをしてもらっている間、ドロテアが話題を振ってきたためステイシーは横目で彼女の方を見た。

「詳しくはまだ伺っていないのですが、北のヴァリアン王国に関することでご相談があるそうです」

「ヴァリアン王国……ね。先王が斃《たお》れてから跡継ぎ争いが続いていたところだけれど、いよいよ新国王が決まったのかもしれませんね」

ドロテアのつぶやきに、ステイシーもうなずく——と着付けの邪魔になるので、「そうですね」と声のみで同意を示す。

クライフ王国は、少し潰れたシュークリームのような形の領土を持っている。ヴァリアン王国は、シュークリームの上にチョコレートでコーティングをしたかのように、クライフ王国の北の国境沿いに東西に長く伸びた形をしていた。

クライフ王国の中部から南部にかけては温暖な気候だが、北部になると冬の寒さが若干堪《こた》えるようになる。そこをさらに北上した先に領土を持つのだから、ヴァリアン王国の冬は相当厳しいものだという。

（寒冷な気候のせいで作物はほとんど育たないけれど、その代わりに領土の大半を占める山岳地帯からいろいろな鉱石が採取できる。クライフ王国も昔は、ヴァリアンから産出された鉄鉱石を輸入して加工していたとのことね……）

しかし二国の国交は、二十年ほど前に絶たれた。

当時のクライフ王はアロイシウスとリュートの父で、ヴァリアン王国の王との間に悶着が起きたらしい。詳しいことは明かされていないが、ヴァリアン王の方がクライフ王国側に難癖を付けてきて、それに激怒したクライフ王が国交断絶を言い渡したとか。

これに困ったのは、ヴァリアン王国側だった。せっかくの鉄鉱石も、それを加工して活用してくれる者がいなければただのでかくて重い無機物だ。ヴァリアン王国は慌てて鉄鉱石の加工技術を鍛えたが、それでも今の国力は全盛期ほどの勢いには戻れていない。

(先々代国王陛下は、今のヴァリアン王の治世が続く限りは国交回復は許容しないとおっしゃったらしいから……新王の時代になったのだから、和解も可能になるのかも?)

まだ下々の者にはヴァリアン王国の継承問題がどうなったのかは知らされていないが、リュートのもとにはいち早く知らせが届き、それについてステイシーに相談しようとしているのかもしれない。

(もし、もしも、ヴァリアン王国との国交が回復するのなら。それはきっと、陛下の治世において大きな進歩になるわ)

名君と言われたアロイシウスでさえ実現できなかった、北の王国との和解。もしそれが、リュートの時代に果たせるのなら。その結果、クライフ王国に大いなる発展がもたらされるのならば……ステイシーとしても嬉しい。

(何にしても、頑張らないと!)

よし、と拳を握って気合いを入れたが、「じっとしていてください!」とメイドに叱られて、ドロテアに小さく笑われてしまったのだった。

クライフ王国の御前会議は、王城内にある大会議場で行われる。大臣や官僚、貴族たちが円卓をぐるりと囲むような形で配置され、彼らを見下ろせる高い位置に国王の御座がある。

先代国王アロイシウス時代には、国王も交えた皆で活発な意見交換――時には議論がヒートアップして口論のようになることもあった――がなされていたそうだが、リュートの時代になってすぐは、「頭の足りない若い王を言いくるめよう」と、むしろ甘い言葉を多用して国王の関心を引こうとする者が多かったそうだ。

だがリュートには兄のような政治的手腕がない代わりに、野性の勘――のような観察眼を持っていた。黙って官僚たちの話を聞いているだけだと思いきや、「その案は、一部の者だけが得をするのではないか？」「その計画よりも先に行うべき施策があるのではないか？」とどれも的確で――甘い汁をすすろうとする者にとっては非常に手痛い指摘を飛ばしてくる。

そういうことで、国王自身の発言回数は少なくて議論もそこまで活発ではないものの、自分だけが得をしようとする者たちによる傲慢な発言は減り、かなり穏やかな会議の場となっていた。

ステイシーは王妃になる訓練の一環として、この御前会議に出席するようにしていた。ステイシーに発言権はないし何か妙案を叩き出すような才覚もないのだが、後に夫となるリュートがどのように会議を采配しているのかを見て学ぶ必要があった。

……絶対にあってはならないことだが、もしリュートに子がいないまま彼の身に何かが起きた場合、遠縁から次の王を探すまでの間は妃であるステイシーが政治の指揮を執らねばならなくなるのだから。

「……ということで、半年後に控える国王陛下のご成婚式典における費用はこのあたりが妥当かと」

そう言って財務担当の大臣が示した数字を見て、貴族たちは三者三様の反応を見せる。

「……アロイシウス様とメラニー様のご結婚時の、八割程度ですか」

「国王陛下の成婚式典は、結果として経済効果を招きます。出費を抑えるようにとステイシー様がおっしゃったとしても、二割減により最終的な収入が赤字になるかもしれません」

「確かに短期的な目で見れば先代国王陛下のときよりも経済効果による収入は減るでしょうが、長期的に見れば同等、もしくは黒字になると思われます」

貴族の意見に対して反論するのは、国王付書記官の青年。自ら積極的に発言していたアロイシウスと違い、リュートは基本的な答弁は部下に任せていた。

「今回の式典は国王陛下の成婚記念であると同時に、ステイシー様のご結婚祝いでもあることを忘れてはなりません。清貧を尊ぶ星女神教会出身でありながら結婚式典に多額の資金をつぎ込むことで、国民が王家への反発心を抱く可能性があります。国民の心の支えになり、今や騎士団と協力して治安維持にも努めている星女神教会の評価を下げる可能性を減らすことで、王家ならびに教会への信頼を得ることになるかと」

「……であればそもそも、星女神教会と関係のない令嬢を妃にすれば――」

「ブロック卿。今議論に上っているのはそこではない」

うかつな発言をした男をとがめたのは、それまでだんまりだったリュート。

腕を組んで貴族たちを見下ろしていた彼は、表情を変えることなく静かに言葉を紡ぐ。

「星女神教会の神官を王家に迎え入れることには、十分な利点もある。……それは過去の会議で散々言われたことだろう」

「……。……失礼しました」

失言を悔いたらしい男にうなずきかけ、リュートは他の者たちの顔も順に見た。

「そもそも、私たちの成婚記念式典に掛ける費用は兄上の時代より二割減とはいえ、歴代の国王の事例を鑑みるならば平均程度といったところだ。式典による経済効果の数値を予測しても、大幅な収入源となることもない。……政教分離は、当然の理念だ。だがそれは政治に宗教的都合を押しつけてはならないということであり、国民の生活を支える政治と心を支える教会が足並みをそろえていくのは、よいことだと思わないか？」

先ほどまでは書記官に発言を任せていたリュートが流暢にしゃべるからか、貴族たちは黙って国王の発言に耳を傾けていた。

「それに先ほどの二割減の問題だが……減らすことそのものより、減らした二割を何に充《あ》てるかが問題ではないか。灌漑《かんがい》工事、魔物対策設備、軍備、冬に向けての備え……そういった方面に回し、なおかつ二割減した費用の行く先について正しく公開すればよいだろう」

「これにより、国民からの理解と支持を得ようと？」

貴族の一人が、小さく笑った。リュートの考えが国民からの人気取りのためだろう、と言いたいのだろうが――そんな彼に対しても、リュートは鷹揚に笑ってみせた。

「皆の知らぬ場所で努力するのは、よいことだろう。だがそれを喧伝せねば、評価されることなく埋もれたり……場合によっては第三者の手柄として奪われたりするかもしれない。それくらいなら

ば私は、私とステイシーの結婚費用で減らした二割の額を何に充てたのか、隠すことなく公表したい。……人気取りだと思われても、結構」

まさかリュートがここまで強気に出るとは思っていなかったようで、数名の貴族たちは気まずそうな顔をしている。だが、ほとんどの貴族たちはほっとしたようにうなずいていた。穏やかなリュートは、これくらい強気でいるくらいがよいと思われているのだろう。

そこでリュートは、会議場の隅にちらっと視線を向けた。そこにいるのは貴族たちの輪の中に入らず、黙って会議の行く末を見つめていたステイシー。

ステイシーに小さくうなずいてみせたリュートは、立ち上がった。

「ただ二割減するといっても、どこを減らすかが問題だ。……これより費用分配に関して財務大臣より説明がある。また、皆の意見を募りたい」

御前会議の後に、ステイシーはリュートの部屋に通された。


「ごきげんよう、陛下」

「よく来てくれた、ステイシー」

ドレスのスカートをつまんでお辞儀をしたステイシーを、リュートが迎えてくれた。彼は先ほどの御前会議の際に着用していたはずのごつめの上着を脱ぎ、リボンタイの付いたブラウスとベストという格好だった。きっちりと上げられていた前髪も、今は下ろされている。こちらの方が、彼は落ち着くようだ。

リュートはステイシーの腰を抱くと、頬に掛かっていた髪をさっとすくい上げてキスを落とした。

「先ほどの会議は、ステイシーに見られていると思うとどうにも緊張してしまった。……みっともないところは、見せていないだろうか？」

「もちろんです！　……かく言う私の方こそ、我がことなのにぼうっと見守るだけで……」

「発言することが全てではない。議題が俺とステイシーの結婚である会議にあなたが出席することに、意味がある」

リュートが力強く言ってくれたので、先ほどの会議の場で何も発言しなかったことを後ろめたく思っていたステイシーも、ほっとできた。

（……まあ最初からサミュエルに、「あなたが下手に発言してもその場が混乱するだけなので、よほどのことがない限りは黙って偉そうな顔をしていてください」と言われていたくらいだけれどね）

ステイシーに釘を刺していたサミュエルは今、壁際に立っている。熱い抱擁を交わして至近距離で会話をする国王とその婚約者を前に、「私はあまり関わりたくありません」ということを全身で語っている様子だった。

だがリュートがステイシーをぎゅうぎゅう抱きしめたままだからか、サミュエルはしびれを切らしたようにわざとらしく馬鹿でかい音で咳払《せきばら》いをした。

「あー、あー……陛下、陛下。ステイシー様と会話なさるのはよろしいのですが、もう少し距離を取るべきではないでしょうかね？」

「……婚約者同士なのに距離を取るなんて、寂しいではないか」

「そうですねぇ、そうですよねぇ。でもですねぇ、陛下はこれまでに一体何回、うっかり道具を握りつぶしてしまったことか……ああ、そうだ。この前なんて『ちょっと抱えていた』だけの分厚い木の板を、腕と胸の間に挟んで真っ二つに折ってしまいましたよねぇ……」

「わ、分かった。気をつける」

サミュエルにくどくどと言われたリュートは、ぱっと腕を放した。リュートと離れるのは寂しいが、彼の胸板に顔を押しつける形になって正直なところ少し苦しかったし……この身長差だと抱きしめられると顔が見えないという寂しさもあった。

（ドロテア様はサミュエルのことを、「自由奔放な陛下に振り回される、苦労人」と言っていたっけ……）

そんなリュートがステイシーを妃に選んだことでますますサミュエルの仕事は増えたことだろうから、彼の世話になっている自覚のあるステイシーは黙って心の中で盛大に感謝しておいた。

「では、肩の凝る会議を終えたことだし茶にしようか。ヴァリアン王国のことで、ステイシーに伝えたいこともあるからな」

「はい、お伺いさせてください」

ステイシーにとって、本日のメインイベントはどちらかというとこちらだ。

既にメイドたちは準備を終えていたようで、ステイシーとリュートがベランダに向かうとそこには既に、今か今かと食べられるのを待つ菓子と湯気を立てるティーポットなどがそろっていた。

ガーデンチェア――同じ意匠だが、大柄なリュートが座る方は明らかにサイズが大きい――に腰を下ろした二人は、まずはメイドが淹れたてのハーブティーを味わい、クッキーや一口タルトなどの菓子を口にした。

「そういえば、居城で飼われている猫ちゃんたちは、お元気ですか？」

「元気だとも。この前、ステイシーが遊びに来てくれたときは楽しかったな」

リュートがそう言って、目を細めた。

彼は恒温動物全般が好きらしくて、特に猫は居城に五匹飼っている。名前は、ココ、トト、ナナ、モモ、リリである。彼の愛馬の名前がロロなので、何かしら音にこだわりがあるようだ。

なお猫一匹につき、世話係が二人いるそうだ。そんなに必要ないのでは……とも思われるが、職がなくて困っている者の雇用にもつながるそうで、よいことらしい。

「……ああ、そういえば特報があったんだ。モモが最近、『あける』を覚えた」

「『あける』……ですか？」

「ああ。どうやらドアノブの回し方を習得したようでな。一度部屋を脱走してからというもの、ノブが同じ形状の部屋のドアをことごとく開けて侵入するようになったんだ」

「まあ！　器用なことができるのですね」

「ああ。おかげで、俺の礼服をしまっているクローゼットも開けられて。メイドが気がついたときには、礼服が真っ白な毛まみれになっていて……おまけにそれを見て学習したのか、トトとリリまでまねをし始めて……」

リュートは精悍な顔を緩めて、楽しそうにしゃべっている。

この後には真剣な話題が控えているのだが、まずは日常会話やちょっとした笑い話などをしながら茶と菓子を楽しむ。「うまいものを食べるときの話題は、楽しいものであってほしいだろう」というのが、リュートの主張である。

そうして猫の話やステイシーが最近教会で聞いた噂話のことなど、会話に花を咲かせて――ティーポットが空になりメイドが新しい茶を淹れるためにいったん下がったところで、ふとリュートが真剣な表情になった。

「……腹も膨れたことだし、そろそろ本題に入らなければならないな。サミュエル、書簡をここへ」

「はい、どうぞ」

すぐさまやってきたサミュエルが銀のトレイに載せて差し出したのは、立派な筒形の書簡だった。

金属製の筒には、赤地に金色のラインが入った柄のリボンが巻かれている。

あれは、国王同士で書状をやりとりする際に使用される書筒だ。それに巻かれたリボンの色は、各国のナショナルカラーを採用している。

青色と白色がクライフ王国を示すように、この赤色と金色の組み合わせが表すのは――

「まだ一般には公表されていないことだが。先日、北のヴァリアン王国で新たな王が立った。先代国王の次子である、アーロン王だ」

そう言ってリュートが渡してきた書状には確かに、先王の第二子であるアーロン・ハルテリウスがヴァリアン王国の新国王に即位した、という旨が簡潔に記されていた。だが、彼の即位に至るまでの経緯はこの文面のようなあっさりしたものではないことくらい、ステイシーにも想像できた。

(先代国王が崩御してすぐに新国王が即位しなかったのは、二人いる王子のうちどちらが王位を継ぐかが決まらなかったからなのよね……)

ヴァリアン王国先代国王には、王妃が産んだ第一王子と妾妃《しょうひ》が産んだ第二王子がいた。

普通ならば、長子であり王妃の子でもある第一王子が王太子に指名される。だが国王は結婚当初から不仲だった王妃より、若くて愛らしい妾妃の方を愛していた。そして二人の妃が産んだ王子についても、第一王子を立てつつも第二王子の方を可愛がっていたそうだ。

クライフ王国にいちゃもんを付けるという愚行を犯しただけでなく、もとより優柔不断の日和見主義だった国王は結局、二人の息子のうちどちらを王太子にするか任命しないまま、没した。そのせいで、第一王子派と第二王子派が王座を賭けて争うことになってしまったのだった。

書状の内容からして、争いに勝利したのは第二王子だったようだ。亡き国王が寵愛していた、ということ以外において劣勢だった第二王子派がいかにして勝利したのか、そこまではリュートも知ることができないのかもしれない。

何にしても、ヴァリアン王国では争いの末に新国王が決まったようだ。

「新国王のアーロン陛下は、即位記念式典に俺を招くつもりのようだ」

「……まだ国交は回復していませんよね？」

当たり前のことではあるが念のために問うと、リュートは「もちろんだ」とうなずいた。

「俺としても、新国王の時代になったならば話を進めようと思っていた。……アーロン王がどのような人物なのかは分からないが、この式典を契機にかつてのように国交を結ぼうと考えていらっしゃる……と思いたい」

つまり、「先代国王に続き新国王も、考えなしだった」という残念なことになってほしくない、ということだろう。

「それで、陛下は式典に出席なさるのですか？」

「ああ。幸い俺には、兄上がいる。俺が不在の間のことは兄上に頼むことができるし、逆になるよりはよいだろう」

なるほど、こういうところで仲のいいきょうだいがいるというのは強みになるようだ。

もし王族がリュート一人のみであれば、王族に近い立場の人間――ブルクハウセン公爵のような者を代理で出席させることになるだろうが、幸いクライフ王国にはアロイシウスがいる。

彼は三年前の落馬事故で下半身不随になった……ということになっていたがそれは、敵対勢力をあぶり出すためのアロイシウスの作戦だった。激しい運動や長距離の移動などは厳しいが、王城でリュートの代わりに政務を行うくらいであれば問題ないそうだ。

ステイシーから受け取った書状を筒に収めてサミュエルに返したリュートは、ひたとステイシーを見つめてきた。

「……アーロン陛下の即位記念式典に、ステイシーも出席してみてはどうだろうか」

「えっ、私もですか？」

そんなことは先ほどの書状には書かれていなかったのでステイシーが問うと、リュートはうなずいた。

「これとは別便で、アーロン陛下から受け取っている親書がある。そこには、是非とも婚約者のステイシーも連れてきてほしいと書かれていた。半年後には式を挙げるのだし、公務の練習のような気持ちで挑んでくれればいいと、公的な俺は思っている」

「……。……私的な、あなたのご意見は？」

「あまり連れて行きたくはない。ステイシーも知っているだろうが、あそこの主宗教は星女神教ではない」

リュートの言うとおりだ。

大陸の多くの国で主宗教に定められている星女神教だが、別の神を奉る国も存在する。その一つがヴァリアン王国で、かつて先代国王が付けてきた難癖の一つには、「女をむやみやたらに持ち上げる思想の偏った宗教」のように、星女神教を貶《けな》すものもあったと言われている。

（ヴァリアン王国の新国王が、私が星女神教会の神官であることを知らない……とは思えないわ。分かっていて、異なる神を信奉する組織の幹部である私を、あえて招こうとしているのかしら……？）

まさかここでも、「知りませんでした」ということにはなってほしくない。

「……分かりました。新国王陛下からのお招きということですし、出席します」

「いいのか？　あちらの国に、異教徒排斥主義者がいることも考えられる。俺としても細心の注意は払うが、ステイシーが不快な思いをする可能性も十分考えられるだろう」

「もちろん、想定済みです」

ステイシーは微笑み、自分の胸元をとんっと拳で叩いた。

「それに、そもそも私を招いているのはヴァリアン王ですからね。もし私のことを悪く言う者がいたら、『アーロン陛下に招かれたのだから、文句は陛下におっしゃってください』と言い返します。それでもし雰囲気が悪くなりそうなら、適当な理由をでっち上げて会場からおいとまして、部屋に引きこもります」

「理由……なるほど。体調不良だから近づかないように、など言えばいいのだな」

「ええ。これでも私、仮病は得意な方なのです」

見習い神官時代、苦手な座学の授業でテストがあったのが嫌で嫌でたまらず、仮病を使って休んだことがある。かっかと熱したレンガの前に座って顔を上気させ、「熱っぽいです」と言う作戦だ。

結果として、テストは延期してもらえた。だがその後で笑顔の大司教に引きずられて、お仕置き部屋に放り込まれてしまった。お仕置き部屋でどんなことをされたのかは、あまり思い出したくない。

ステイシーの自信満々な返事に、リュートは小さく噴き出した。

「そうなんだな。俺は仮病にしても嘘にしても、すぐに表情に出るからバレてしまうんだ」

「確かに、陛下は正直な方ですものね」

おそらく彼も、公の場などでは必要な嘘をつくことができるだろう。だがプライベートでは「嘘をつかなくてもいいのについてしまう、後ろめたさ」が優先されるため、視線が泳いだり口ごもったりしてしまうのではないか。

「……ではひとまず、ステイシーも出席ということで返事を出しておこう」

「お願いします。……それにしても、私はクライフ王国から出たことがほとんどないので、ちょっと緊張しますね」

今の季節は秋だが、北のヴァリアン王国ではもう雪が降り始めている地域も多いという。そしてクライフ王国に冬の風が吹き始める頃には、ヴァリアン王国はすっかり白銀の世界に染まる。

それはそれで見事な景観らしいが、流通は止まるし外出もできなくなる。体の弱い者は冬を越すのも難しいので、あの国は一年で一番死者数が多いのが冬だとされている。

そう考えるとアーロン王としてもなるべく早く即位記念式典を行い、雪により完全に交通が遮断される前に来賓たちを国に帰らせたいと思っていることだろう。

「そうだな。実は俺も、あまり国外に出たことはない。……これから二人でいろいろな国に行くことになるだろうから、今回はお互いにとってよい経験になるだろう――いや、よい経験になるように、努めよう」

「……はい！」

ここで、物事を成り行きに任せたりせず自分たちの力で歩いていこうとするリュートのことが、ステイシーは好きだった。

お茶を飲みながらの業務連絡も終わり、ドロテアがステイシーを迎えに来た。血のつながりはないため、姉妹とはいえ見た目は全く異なるブルクハウセン公爵家の令嬢たちだが、今ではすっかり打ち解けているようだ。

あれでいて、ドロテアも結構さみしがり屋でかつ世話焼きだ。ステイシーという、ほどよく手の掛かる——そしてどことなく性格の似ている妹を持てたことで、ドロテアの日々にも彩りが加えられているようならば、リュートとしても嬉しい。

「……それにしても」

ベランダの片付けをメイドたちに任せて部屋に戻ったリュートは、二人掛けソファにどっかりと座って天井を仰いだ。

思い出すのは、先ほどヴァリアン王国について話していたときの、ステイシーの言葉。

『もし私のことを悪く言う者がいたら、「アーロン陛下に招かれたのだから、文句は陛下におっしゃってください」と言い返します』

「……それで丸く収まる国ならば、いいのだがな」

ぽつりとつぶやいたリュートはサミュエルを呼び、ヴァリアン王国のアーロン王に向けた親書の作成を命じたのだった。

❁2章❁　聖女、北の王国で「歓迎」される

「うう……寒いわ」

「大丈夫ですか、ドロテア様」

「ええ、これくらい十分我慢できます。……わたくしは誰よりも暖かい場所にいられるのですから、皆の前で弱音を吐いたりはしませんよ」

　毛布にくるまって丸くなっていたドロテアは、ステイシーが声を掛けるときりっとして顔を前に向けた。化粧のために頰や唇は赤く染められているが、その地肌は青ざめていることだろう。

　場所は、ヴァリアン王国王都に向かう道中の、馬車の中。この馬車はブルクハウセン公爵家姉妹であるステイシーとドロテア専用で、内装も可愛らしい色合いで統一されている。

　愛娘《まなむすめ》が二人とも北の大地に赴くと聞いた親バカなブルクハウセン公爵が、「娘たちを何としてでも、北の寒風から守るのだ！」と、自分の趣味用の金を使って毛布や衣類、その他必要なものの購入に充ててくれたのだった。

ヴァリアン王国のアーロン王から招待を受けたステイシーたちは準備をして、ごく少数のお付きのみを連れて王都を発ち、王国北の砦を越えてヴァリアン王国の大地に足を踏み入れた。

王都を出発した頃はまだクライフの大地は秋の色に染まっていたのだが、北へ北へ向かうにつれて気温が低くなっていくのを肌で感じ、車窓から見える風景も物寂しいものに変わっていった。

そして一行は地方の宿場町で、馬車を乗り換えた。いよいよ雪が積もるようになり、クライフ王国製の馬車ではこの先を進むのは難しいからだ。

馬もここで待機させ、すんなりとした馬からずんぐりとした体軀《たいく》を持つヴァリアン王国生まれの馬に替える。足の速さではなくて、雪の大地でものっしのっしと力強く進めることに重きを置いている雪国で生まれ育った馬たちはやはり見慣れないものらしく、リュートだけでなくサミュエルもしげしげと見入っていたものだ。

馬車を囲む騎士たちも、厚手のコートを着用している。車内にいるステイシーたちよりもずっと寒い思いをしているのだろうからと、ドロテアは空元気を発揮しているようだ。

「……そういえばステイシーはあまり、寒くなさそうですね」

「そうですね……。多分、慣れみたいなものだと思います」

幼少期は田舎で慎ましく暮らしていたし、神官になってからは質素倹約の中で生活してきた。だから、今くらいの寒さなら「まあ、こんなものかな」と耐えられた。もちろん、ここよりもさらに北上すればステイシーとて震えるほど寒いだろう。

ステイシーたちはやがて、ほんのりとけぶるような雪が舞うヴァリアン王都に到着した。

「わ、すごい。巨大なケーキみたいですね」

「本当に。今は真っ白なので、生クリームたっぷりのホールケーキといった感じでしょうか」

毛布にくるまったステイシーが窓の外の光景に見入っていると、ドロテアも興味を引かれた様子で顔を覗かせて言った。

クライフ王国の城下町は全体が城壁で囲まれており、内側の中央に王城がある。王都全体で標高の差はほとんどなく、王都の入り口に立つとたくさんの街並みに埋もれるような形でそびえる王城が見えた。

それに比べてヴァリアン王都は、巨大な山をそのまま城下町にして頂上に王城を据えたような形になっていた。家屋は積雪対策で急斜面のような屋根を持っており、王城に向かう道はなだらかな坂か、もしくは階段になっている。

平地に位置しており積雪や雪解け水による洪水などの心配をする必要がないクライフ王都と違い、ヴァリアン王都は天候とうまく渡り合うことに重きを置いた構造になっているようだ。

（王城からだと、城下町の隅から隅まで見下ろせそうね……）

ほう、と吐いた息は馬車の中なのにほんのりと白かった。

車輪に棘《とげ》を取り付けた馬車が、ぎしぎしときしんだ音を立てながら王城に続く坂を上っていく。ここは貴族や外国からの使者などのみが利用できる坂らしく、あちこちに武装した兵士たちの姿が見えた。他にもいくつか見えた立派な馬車は、ステイシーたちと同様に他国からやってきた王侯貴族たちのものだろうか。

「到着しました。ステイシー様、ドロテア様、ドアを開けます」

「ええ、どうぞ」

馬車が停まり、ドアの向こうからサミュエルの声がした。ステイシーたちはすぐに毛皮のコートを羽織って、フードもしっかり下ろした。ドロテアの方は顎の下の紐《ひも》をぎゅっと固く結び、何が何でも寒さに音《ね》を上げたりしない、という強い意志を見せていた。

サミュエルがドアを開けると、びゅうっと鋭い風が吹き付けてきた。もう城内の馬車止め広場に到着しているからか、凍えるほどではないのがありがたい。

「こちらにどうぞ」

もこもこ装備のサミュエルがドアを開けた先に、立派な毛皮のマントを身につけたリュートが立っていた。サミュエルを含めた護衛たちは皆、それなりに防寒対策をしているのだが、リュートはかなり軽装だ……というか、クライフ王国を出発したときとほとんど装備が変わっていない。

「ステイシー、手を」

「ありがとうございます。……あの、陛下。お寒くございませんか？」

リュートに手を取られたステイシーがそっと尋ねると、赤い髪を寒風になびかせたリュートが不思議そうに目を瞬《またた》かせた。

「確かに冷えるが、重ね着をせねばならないほどではない。昔、冬の池に落ちたときの方がよほど寒かった」

「それならいいのですが……」

どうやらリュートの筋肉には、防寒機能も備わっているようだ。

婚約者の筋肉の有能さにステイシーが感じ入っている背後では、サミュエルが「あのときに池から引っ張り上げるの、本当に大変でした……」とぼやき、彼に手を取られて馬車から降りていたドロテアも「さすが、バカは風邪を引かないのね……」と、じとっとした眼差しをリュートに注いでいたのだった。

王城内に迎えられたステイシーたちはすぐに、客室に通された。

（内装も、クライフ城とは全然違うのね……）

クライフ城は廊下の天井が高く、調度品も優雅で繊細な作りのものが多かった。それに比べて今通ってきた廊下は天井が低くて、彫像や風景画などもあまり置かれていなかった。

今ステイシーたちが体を休めている客室内にあるテーブルや椅子もどっしりとした重い素材でできているものが多く、クローゼットなども比較的低身長のものが多かった。これも、文化の違いだろうか。

リュートとステイシー、それからそれぞれのお目付役であるサミュエルとドロテアは四人で巨大なフロアを一つ与えられており、そのフロアに各寝室や衣装部屋、風呂場などだけでなく、調理場や遊戯部屋まで備わっていた。このフロアだけで十分暮らせそうである。

ステイシーたちが赤々と炎が燃える暖炉の前でくつろいでいると、国王と次期王妃用の衣類や日用品などを運び込むためにヴァリアン国の使用人がやってきた。

(わあ、みんな色素が薄い!)

クライフから連れてきたメイドが淹れてくれたお茶で一服していたステイシーは、ヴァリアン人の使用人たちをまじまじと見てしまう。

ヴァリアン人は身長や体格などはクライフ人とほぼ変わらないが、全体的に色素が薄めだ。金髪や銀髪の者が多く、茶色系でもごく薄い色合いしか見られない。肌の色も白く、目の色までは見えないが……おそらく青や灰色などの薄い色をしているのだろう。

頭《こうべ》を垂れてぞろぞろと入ってきた使用人たちを整列させ、サミュエルが口を開いた。

「こちらは、クライフ王国のリュート・アダム・ランメルス陛下並びに、ご婚約者であるステイシー・ブルクハウセン様です。皆、よろしく頼みます」

「何かと迷惑を掛けるだろうが、よろしく頼む。……顔を上げてくれ」

リュートもゆったりと声を掛けたからか、それまでずっと下を向いていた使用人たちは一斉に顔を上げて――ステイシーの方を見て、なぜかぎくりと身をこわばらせたり目を見開いたりした。

（……えっ、何？）

思わず後ろを振り返り見たが、そこには無機質な壁があるだけ。前に向き直ると彼らはもう、サミュエルの指示で動き出しており、ステイシーを見ている者はいなかった。

（……気のせいかな？）

もしかしたら彼らが見て驚いたのはステイシーではなくて、隣に座っているリュートの方だったのではないか。リュートは大柄だし、しかもこの筋肉だ。赤い髪もここらでは珍しいので、それも相まって注目してしまったのかもしれない。

「……今、彼らがステイシーを見て驚いたように思われたが……気のせいだろうか」

どうやらリュートも同じ疑問を抱いていたようだ。彼の方を向いたステイシーは、小さくうなずく。

「私もそんな気がしましたが……もしかすると陛下の堂々たるお姿に驚いたのかもしれませんね」

「ん？　……あ、ああ、なるほど。そうかもしれないな」

少し悩ましげだったリュートだがすぐに照れたように微笑んだので、ステイシーも微笑みつつ……内心、ほっと胸をなで下ろしていた。

普通ならば、国王だろうと婚約者だろうと、その姿を見て動揺するというのは無礼だ。リュートの鶴の一声により、今この場にいた彼ら全員を不敬罪で罰することもできるが……長らくの国交断絶状態を解消できるかもしれないという機会なのだから、早速二国の関係を悪化させるような事態は避けたかった。

（……式典、うまく進むといいな）

そうは思いつつも、物事は簡単には流れてくれないものなのだろうという予感がしていた。

＊　＊　＊

ステイシーたちが王城に到着した翌日、新国王即位記念式典が行われる。

「真冬でもこんなに分厚い生地のドレスは着ないから、なんだか不思議な感じがします……」

「そうですね。会場の床は大理石製らしいので、足下から底冷えするそうです。ドレスの生地だけでなく、靴下にまで注意を払わないといけないとは……極寒の国は大変ですね」

そんな会話をしつつ、ステイシーとドロテアは着付けを進めていた。お茶や部屋の掃除などはヴァリアン人の使用人が行うが、着付けやメイクなど直接肌に触れるような仕事はクライフから連れてきた使用人に任せていた。

式典用の衣装一式は、ブルクハウセン公爵が姉妹で同じデザインのものを用意してくれた。もちろん、次期王妃であるステイシーのものの方が上質で装飾も豪華だが、地味な自分と何もしなくても華やかなドロテアなのだからこれくらいでバランスが取れるのかも、とステイシーはこっそり思っている。

長袖詰め襟のドレスはクライフではやや流行遅れのデザインだが、肌を露出しすぎると間違いなく風邪を引く。ドレスの裾も長く、スカートの下には何枚ものペチコートを穿《は》いて、厚手のストッキングの上にさらに靴下も履き、靴も革製のしっかりしたものにする。

見栄えよりとにかく、冷え対策が最優先だ。ヴァリアンで生まれ育ったこの国の人間たちはともかく、南方の国から来た客人たちは皆、こんな感じでもこもこしているそうだ。

式典なので髪は夜会風に巻いたが、あらわになった寒々しい首筋を隠すために毛皮で縁取られたコートを着る。このコートはブルクハウセン公爵が一番金を掛けた品らしく、ステイシーとお付きのドロテアのコートだけで公爵の小遣いはほぼ飛んでいったそうだ。当の本人は、娘たちを着飾ることができて満足そうだったが。

（……それにしても）

ちら、とステイシーは壁際を見る。そこには、着付け作業などには一切加わらずにこちらを見守っているヴァリアン人の女性使用人が三人立っていた。

昨日の到着直後にヴァリアン人の使用人たちが見せたほんのわずかな動揺が、ステイシーは気になっていた。滞在二日目になったからかもう今日はステイシーを見ても驚いたりはしないが……今もステイシーがじっと見つめていると、気まずそうにわずかに視線をそらしたのが分かった。

（……間違いなく、皆は私に注目しているわね）

昨日は、もしかしたらクライフ王国の若き王に見とれたからか、とも思ったのだが、やはり彼らの注目の対象はステイシーだ。

（直接聞く……のはちょっとはばかられるから、知らないふりをしていればいいかしら）

まさか彼らも、隣国――それも現在不仲状態――の次期王妃に対してあからさまに無礼な態度を取ったりはしないだろう。何も起こらないのが一番だし……クライフ王国に対して負い目があるのはヴァリアン王国の方なのだから、リュートの怒りを買うようなまねはしないはずだ。

「……ステイシー、何か気がかりなことでも？」

「……いえ。少し考え事をしておりました」

聡い姉に感づかれたので、ステイシーは微笑んでごまかした。その直後、ヴァリアン人の使用人が「リュート陛下がお越しです」と告げてくれたので、ドロテアの追及を避けられそうだとタイミングに感謝した。

ドアが開き、サミュエルを伴ったリュートがやってきた。おそろいのデザインのドレスを着たステイシーとドロテアと同様に、彼らもよく似た意匠の礼服姿だった。

クライフ王国の国色である青と白は、雪国だとやや寒々しく見える。だがその礼服の上に毛皮の付いた重厚なマントを纏っており、ブーツやサッシュベルトの赤褐色が寒色にアクセントを入れていた。

リュートはステイシーを見て、ぎゅっと眉根を寄せた。

「……もこもこしているな」

「ええ、もこもこしています。……変ですか？」

「まさか！　厚着をするステイシーはいつもよりもこもこのシルエットになっていて、非常に可愛らしい！　いつもはもっと軽やかな聖女の装いをしているからか、ステイシーのもこもこしたところは貴重で……つい、見入ってしまった」

リュートが難しそうな表情をしたので、似合っていなかったかな……と少しだけ不安に思っていたのだが、杞憂だったようだ。

（そういえば陛下は、もこもこしている猫もお好きなのよね。……もこもこ、好きなのかしら？）

クライフ王国にいる間も、たまにはもこもこした服を着てみてもいいかもしれない、と思いつつ、ステイシーは微笑んだ。

「私も、少しだけ新鮮な気持ちです。……陛下が厚着をなさっているのは、新鮮ですね。お暑くないですか？」

「心配無用だ。俺はこの下には、薄手のシャツ一枚しか着ていない」

「そ、そうですか」

なるほど、常人よりも分厚い筋肉のおかげか寒さに強いリュートは、この衣装を着るために下着の枚数を減らして温度調節しているそうだ。彼の筋肉は、極寒の北国の風をも防ぐようである。

なお彼の背後にいるおそろいの格好のサミュエルは、「……私は下に三枚着ています」とこっそり教えてくれた。


昨日到着時にもその異国風の雰囲気に驚かされた城内の廊下は、一夜のうちに華やかに飾り立てられていた。だがその飾り方も、クライフ王国とは大きく異なる。

（わあ……水晶の置物！　すごく高価だって聞いたことがあるけれど、こんなにきれいだったなんて……）

さすがに声に出したりリュートに質問したりはできないので黙ってすました顔で足を進めつつ、

ステイシーは内心心をときめかせながら廊下の置物や飾りを観察していた。

クライフ王国ではガラスが一般市民階級にも流通しつつあるため、透明感のある物質、というもの自体は珍しくない。だが廊下に置かれた彫像はどれも、ほんのりと青白い色を纏った水晶で作られていた。

鉱山で鉄鉱石が多く採取できるように、ヴァリアン王国には水晶鉱山も存在する。地元だからか国内では比較的安価で取り引きされて、彫像や装飾品などの形に加工される。ヴァリアン王国は鉄鉱石の加工はクライフ王国などにさせていたが、軍事用品でないものの加工技術は昔から伝わっているという。

彫像は動物や人間や植物、はたまた一体何を模したのか分からないようなものなどいろいろなデザインのものがあったが、ステイシーはそのうち、対《つい》になった髪の長い女性の彫像がなんとなく気になった。

(今の彫像の女性たち、喧嘩《けんか》をしているみたいに見えたかも……？)

すぐに通り過ぎたのでじっくり見られなかったが、他の彫像の人間や動物が穏やかな様子であるのに比べて、今の二体の女性像は、殴り合い——とまではいかずとも何やら揉めている様子を描写しているように思われた。

(もしこの国の人と仲良くなれたら、今の彫像について聞いてみようかな)

そんなことを考えつつ足を進めた先、見上げるほど大きな両開きのドアの前に、ステイシーたちは立った。

ヴァリアン人の上級使用人がリュートたちの身分を確かめ、順に顔を見て――ステイシーを見たところでほんの少しだけ瞳が大きくなったことに、気づいた。

「……わたくしに、何か？」

あえてステイシーが問うと上級使用人は咳払いして、「……いえ、ステイシー様のお美しさに目を奪われてしまいました」とごまかすように言った。

（……やっぱり、何かありそうね）

それは隣のリュートも同じだったようで、彼はほんの少しだけ眉根を寄せた。だがすぐに笑顔になり、「私の未来の妃を褒めてくれて、ありがたい」と気さくに応じた。彼も、ここでさらに追及するつもりはないようだ。

（……もやもやするし、嫌な予感もするけれど……行くしかないわ）

ステイシーはリュートの腕にしっかり摑まって、顎を持ち上げて前を向いた。ドアが開き、「クライフ王国リュート陛下ご一行です」と紹介され、リュートと足並みをそろえて会場に入った。

会場は二階構造になっており、式典中はヴァリアン王国の貴族が一階席、各国からの来賓が二階席に座る。式典が終わって歓談の時間になると二階席から一階席に下り、そこで交流をするのだという。

まだ式典は始まっていないので、ステイシーはリュートにくっついて移動しつつ、彼がすれ違った各国の王侯貴族たちに挨拶するのに付き添った。

東の海運業で栄える王国、西の砂漠を擁する帝国、南の温暖な気候に恵まれた小国、はたまた遠く離れた大地からやってきた連合国の代表――などなど、妃教育の際にたたき込まれた人物像とそのデータを必死に思い出しながら、ステイシーは挨拶回りを行った。

「ごきげんよう、クライフ王国のリュート陛下。……まあ、そちらがご婚約者の？」

「はい、ブルクハウセン公爵家のステイシーです」

「聞いておりますよ。星女神教会の聖女様と婚約なさったとは……星女神教会の教徒としても嬉しいことでございます」

リュートと親しげな雰囲気の小柄な老夫人――こう見えて大国の女王陛下だ――はステイシーに向き直って、星女神教会風の祈りを捧げた。彼女の国は星女神教が主宗教で、女王自身も敬虔な信者だということだ。

「ステイシー様。わたくしはクライフ王国の太后様の友人でございまして、リュート陛下のこともご幼少の――いえ、それこそおしめをしてらっしゃる頃から見知っております。このたびはご婚約、おめでとうございます。どうかお幸せに」

「ありがとうございます。こちらこそ、若輩者でございますが精一杯リュート陛下をお支えする所存でございます。どうぞよろしくお願いします、アレハンドリナ陛下」

　ステイシーも聖女としてのお辞儀をして、女王と握手を交わした。

（アレハンドリナ女王陛下は、星女神教会へ寄り添ってくださる方。お噂には聞いていたけれど、こうしてお会いできてよかった！）

　大司教も、アレハンドリナ女王の国とは是非ともこれからも懇意にしたい、と言っていたものだ。これは、教会にもよい報告ができるかもしれない。

　そうこうしている間に開式の時間になり、来賓たちはそれぞれの席に向かった。クライフ王国用の四人席にリュートとステイシー、その後ろにサミュエルとドロテアが座り、一階席の奥にある玉座をじっと見つめた。

　やがて奥のドアが開き、銀髪の青年がやってきて玉座に座った。

（あの方がヴァリアン王国の新王、アーロン陛下ね）

　さらりとした銀髪に、細い体。寒風の中で育ったからか、式典用の礼服は豪華だが他国からの来賓たちよりもずっと軽装だ。ここからだと顔の作りの細部まではよく見えないが、どちらかというと繊細な優男、という雰囲気に思われる。

（……熾烈な継承抗争を勝ち抜いた、という雰囲気にはあまり見えないわね）

それはもしかすると、ステイシーの隣には剛健なリュートがいるからかもしれない。リュートがいれば、比較対象の男性の大半は棒きれのような体格に見えてしまうだろう。

アーロンは、集まってくれた面々への礼の言葉に続き新国王即位の宣言をして、そこから短めの演説を始めた。

「ヴァリアンの地は、人が生きてゆくのに適しているとは言いがたい。私は父から受け継ぎ、兄を倒してでも手にしたこの国の王という地位に傲《おご》ることなく、民の幸福、民の生活の安定を常に心がけて執政を行う所存である。私の先達《せんだつ》であるご臨席の方々、そして私と同じくヴァリアンを率いてゆく同胞たちの助力を得て、このヴァリアン王国をよりよき国にしてゆく。……それを、宣言しよう」

アーロンの声は、低くてゆったりとしたリュートのそれと比べると高めでかつ繊細で、聞いているこちらが少しはらはらしてしまうような儚さがあった。語っていることは立派だが——果たしてあの線の細そうな若い王に務まるのだろうか、とつい思ってしまう。

（最悪、クライフ王国にとっての脅威にならなければいいわ。でも陛下からしたら、ヴァリアンとの国交の回復も狙いたいところだろうし……）

ちらっと隣のリュートを見ると、彼は真剣な眼差しでアーロンの方を見ていた。彼もまた、この新国王が信頼に値するか——国交回復をしてもよい相手なのか、見極めようとしているのだろう。

式典の諸々の流れが終わると、二階席から一階席に続く階段が開放された。一階席でも椅子が取り払われ、歓談や飲食、ダンスをするための準備が素早く整えられた。

リュートがステイシーの方を見て、大きな手を差し出してきた。

「では、下りようか。アーロン陛下にもご挨拶せねばならないからな。取り次ぎに関しては、サミュエル、ドロテア、頼んだ」

「はい、陛下」

「かしこまりました」

「お任せください」

ステイシーの声は少し裏返ってしまったが、サミュエルとドロテアは落ち着いた様子だ。やはり、これまでに踏んできた場数が違うのだ。

(さっきの挨拶回りはいい感じにできたし……この調子でヴァリアン人の皆様とも仲良くなれたら、国交回復も夢ではないわね)

そう思いながららせん階段を下りるステイシーだが――

「――『魔女』だ」

他の王侯貴族に交じって階段を下りていると、どこからかそんな声が聞こえてきた。

(ん？　何のことかしら)

顔を上げたステイシーは、一階席にいるヴァリアン人の貴族の多くが、こちらを凝視していることに気づいた。それも、とても好意的とは言えない眼差しで。

(……えっ、私を見てるの⁉)

何かの間違いか、だが使用人のこともあるし……と思いつつ何でもない風を装って階段を下りるステイシーだが、『魔女』だ」「あの見目は、『魔女』だ」というささやきは大きくなっていくばかり。最初は何事かとあたりを見ていた諸国の者たちも、やがてヴァリアン人の言う「魔女」がステイシーを指すのだと気づいたようで、戸惑ったようにこちらを見てきた。

——ぐっ、と胃のあたりが苦しくなる。

(私が……魔女？)

皆の眼差しから、「魔女」という呼び名が蔑称であるとみて間違いないだろう。

……誹謗中傷には、慣れている。自分がひねくれた面倒くさい性格であるのは分かっているし、聖女でありながらがさつでごうつくばりなのだから、文句を言われても当然だと割り切っている。

……だがあくまでもそれらは、「ステイシーに自覚があるから」笑って流せたのだ。こんな風に、ただ姿を見せただけで「魔女」扱いされることなんてなかったし……しかもここは星女神教会の権威が届く場所ではなく、クライフ王国とは絶交状態と言っていい他国だ。

初対面から、しかもステイシーのことなんてこれっぽっちも知らない者からいきなり「魔女」呼ばわりされると、不快だし……言い知れない不安な気持ちがぞわぞわと胸の奥から這い上がってくる。

思わず、ぎゅっとリュートの腕にしがみついた。誰よりも頼もしい腕の感触に、ほっとする。この腕がなければステイシーは戸惑いと怒りと悲しさで、うつむいていたかもしれない。

リュートが今どんな表情をしているのか、ステイシーには見えない。だが彼は足を止めることなく進み——そして、近くにいたヴァリアン人の貴族の前で足を止めた。ころりとよく肥えた、いかにも地位の高そうな中年男性である。

「……いきなりすまない。私は、クライフ王国国王のリュートだ。名前を伺っても？」

「……ごきげんよう、リュート陛下。わたくしはアーロン陛下の母を妹に持つ、ビョルン・ゲッダと申します」

いきなりリュートに声を掛けられた中年男性は、驚いた顔をしつつも礼儀正しく応じた。だがそんな彼にリュートが向ける眼差しは、しんと冷えている。

「ゲッダ卿だな。……今そなたらは私の婚約者に向かって、『魔女』と言わなかったか？」

単刀直入、そのものずばり、容赦ない指摘だった。

中年貴族――ゲッダ卿は、静かに問われてぎくりと身を震わせた。まさかここまでダイレクトに、リュートが自分の失言についてとがめてくるとは思っていなかったのだろう。

「い、いいえ、それは……『聖女』とお呼びしたのでございます！」

「ほう？　なるほど。ヴァリアン王国の国境は星女神教ではなかったと思うが、どうやら我が婚約者の称号は隣国まであまねく伝わっていたようだな。それは、失礼した」

「……い、いいえ」

ゲッダ卿は、真っ青な顔だ。彼とて、リュートを言いくるめられたとは思っていないだろう。自分の失言をとがめられ、苦し紛れの言い訳をうまく受け入れてくれただけだということは、リュートの目が全く笑っていないことを見れば分かる。

「まあ、まさか私が愛する婚約者を魔女呼ばわりする者などいないと信じている。私としても、新国王陛下の即位を祝う場で不快な言葉は聞きたくないし、誰かをとがめることもしたくないのでな。そうであろう？」

「……は、はい、おっしゃるとおりでございます」

顔色が青を通り越して白っぽくなったゲッダ卿を一瞥し、リュートはきびすを返した。彼にくっついているステイシーはうつむくゲッダ卿の禿頭を軽くにらみ、リュートとそろって歩き出した。

（……陛下のおかげで事なきを得られたわ。後でお礼を言わないと）

だがひとまず、ステイシーの姿を見ただけで「魔女」と言ってきた連中は老若男女問わず全員ハゲればいい、と心の中で呪っておいた。神官たちが使う魔法の中に、「相手がハゲる」という効果のものがないのは、非常に残念なことである。

新国王アーロンへの挨拶をする者は、既に長蛇の列を作っていた。だがヴァリアン人の貴族たちはステイシーたちを見るとお辞儀をして、何も言わずに先へと通してくれた。「魔女」発言への、罪滅ぼしなのかもしれない。

おかげで思ったよりも早く挨拶の出番が回ってきて、ステイシーは間近でアーロン王の姿を見ることになった。

さらりとした銀髪は、肩先までの長さ。目はアーモンド形で、冬の空のような淡い青色の瞳がステイシーたちをじっと見ている。リュートに見慣れているからか肩幅や体の厚みは薄すぎにさえ思われるが、椅子に座った状態でも身長はかなり高い方だと想像できた。

極寒の大地を治める勇猛な王、というより暖炉の前で読書をするのが似合いそうな感じの、どちらかというと文官風の青年だった。星女神教会の神官仲間の中には、スマートな優男風の男性が好き、と言う者もいた。彼女からすると、この若き王は垂涎《すいぜん》ものだろう。

「クライフ王国のリュート陛下、ならびにご婚約者のステイシー・ブルクハウセン様。此度《こたび》は私の即位記念式典にお越しくださったこと、心より感謝します。同時に……伯父のゲッダ卿を始めとした我が国の者の失言を、皆を代表してお詫びします」

リュートよりもかなり高い声でそう言ったアーロンがあろうことか軽く頭を垂れたため、ステイシーは、あちゃあ、と思った。

(さっきせっかく陛下が、「魔女」が聞き間違いだということで流そうとしてくださったのに！　これじゃあ、話を蒸し返さざるをえないじゃないの！)

アーロンには賢明な王であってほしい、とステイシーも思っていたのだが、早速雲行きが怪しくなりそうだ。

だがリュートは穏やかに微笑むと、アーロンに顔を上げるように言った。

「おそらくヴァリアン王国には、その国なりの風習などがあるのでしょう。アーロン陛下が謝罪なさることではありません。……しかし私とて、婚約者に心ない言葉を吐く者がいれば容赦はしないということだけは、念頭に置いていていただきたい」

「もちろんでございます。……私の父の時代に、我が国はクライフ王国に対して大変無礼な行いをしたと聞き及んでおります。その件について、私が謝罪するのもおかしな話かもしれません。ですが、父が没するその日になってもなおクライフ王国への謝罪の言葉を口にしなかったのは、事実。……三十年前の暴言を、お詫びします」

(……ああ、もう！　またこの王様、謝っているわ！)

ステイシーとしてはもどかしいが……これに関しては「ヴァリアン王国がクライフ王国に謝罪した」という事実が必要なのだ。

件《くだん》の事件が起きた当初、アーロンはおろかリュートすら生まれていなくて全く関与していなくても、現在の国王が先代の失言を詫びなければならない。たとえ形ばかりだとしても、近隣諸国の重要人物たちも多く招かれたこの場でアピールするべきである。……偉い人は難儀なものだ、とステイシーはしみじみ思う。

アーロンの言葉に、リュートはうなずいてみせた。

「陛下のお気持ちは理解しました。……私としても、ヴァリアン王国とは是非とも過去のようによい関係でありたいと願っております。国境を接する国の君主同士として、そして……同じ年頃の者同士として、これからどうぞよろしくお願いします」

「こちらこそ。リュート陛下のご温情に感謝いたします」

アーロンがそう言ったところで、ステイシーはほっと息を吐き出した。国王同士での話ができたので……ひとまず建前としては、クライフとヴァリアンの長きにわたる国交断絶状態解消への道が構築され始めた、と考えてよいだろう。

そこでアーロンはリュートからステイシーへと視線を移し、まじまじとその姿を見てから柔和に微笑んだ。

「……ステイシー様は、星女神教会における聖女だと伺っております。かように麗しい方とお会いできたこと、恐悦至極に存じます」

「こちらこそ、お会いできて光栄でございます、アーロン陛下。陛下の即位記念式典にお招きくださり、誠にありがとうございます」

「もしよろしければこの後、友好の証《あか》しとしてダンスに誘いたいのですが……いかがでしょうか？」

アーロンが尋ねてきた。彼がステイシーをダンスに誘う可能性があることは、ドロテアも口にしていた。当然、その際の対応についてもリュートたちと打ち合わせをしている。

ステイシーは微笑み、うなずいた。

「嬉しいお誘いでございます。拙《つたな》い踊り手ではございますが、陛下の足を引っ張ることのなきよう努めますので、どうぞよろしくお願いします」

「ああ。では、また」

ステイシーはリュートとそろってお辞儀をして、ドロテアとサミュエルの待つ方に向かった。ドロテアは無表情だが、こっそりとステイシーの耳元にささやく声は調子がよさそうだった。

「……なかなかよい感じでしたよ」

「昨夜、ドロテア様にもご協力いただいて遅くまで練習をしたからです。ありがとうございます」

「これも妃教育の一環ですからね」

ふふん、と笑うドロテアの姿に、通りがかったヴァリアン人の貴族の青年がぽうっと見入ったことに、ステイシーは気づいた。どうやらドロテアの華やかな美貌は、この国の貴族のお眼鏡にも十分かなっていたようだ。

（……うーん。ということはやっぱり、魔女扱いされているのは私だけなのね）

クライフ王国出身の女性があまねく魔女扱いされているというのならばそれはそれで問題だが、この反応からして彼らが嫌悪するのはステイシー一人のようである。

（ということは、異国の宗教関係者であるからか、もしくは私の見た目に問題があるからか……）

「……ドロテア様。この後時間がおありでしたら……」

「……例の呼び名についてですね。わたくしも、それについて調査しようと思っておりました」

こそっと耳打ちすると、全てを言わずとも察した様子でドロテアがうなずいたので、ステイシーは微笑んだ。

「ありがとうございます。ですがお一人だと不便でしょうから、お付きを数名――」

「お気になさらず。わたくし、サミュエル様と一緒に行動します」

ドロテアが言うと、サミュエルもリュートを見て口を開いた。

「私とドロテア様は、例の件について調べてみようと思いますが……」

「ああ、是非ともそうしてくれ。おまえはやたら初対面の人間の心を開かせるのが得意だからな、期待している」

「ええ、なぜか分かりませんが私はそういうのが得意っぽいので、お任せください。ただその間、陛下とステイシー様の護衛は――」

「案ずるな。ステイシーは俺が守る」

「そして陛下は私が守る」

「ステイシーッ……！」

「ん、あぁ、はい。じゃ、そういうことで……参りましょうか、ドロテア様」

「ええ。……では、お二人も油断することのなきように、頑張ってくださいませ」

そう言って、サミュエルとドロテアはそろって歩いていった。ちょうど近くを通ったヴァリアン人の貴婦人にドロテアが声を掛け、やや緊張した面持ちの彼女にサミュエルが何か言うと、一気にその表情が和らいだ。

(サミュエル、あんな能力があったのね。私だと逆に、初対面の人からものすごく警戒されるのよね……あ、そうだ)

「あの、陛下。先ほどは、ありがとうございました」

「ん？　どれについてだ？」

「私が魔女と呼ばれたとき……すぐに忠告しに行ってくださったことについてです」

ステイシーは、リュートのたくましい腕に摑まる手に力を込めた。

あのとき、「魔女」と呼ばれて。リュートはステイシーを魔女呼ばわりしたゲッダ卿とやらのもとにすぐに行き、静かに、しかし容赦なく牽制を入れてくれた。

クライフ王国とヴァリアン王国の間に波風を立てないようにするためには、何も聞こえていないふりをする、という方法もあった。むしろその方が、アーロンに謝罪させることもなく済んでよかったのかもしれない。

だがリュートは、ステイシーの名誉と心を救おうとしてくれた。アーロンの前でも、ステイシーを侮辱することは許さないとはっきり宣言してくれた。

それが……とても、嬉しかった。

だがリュートは困ったように眉を寄せた。

「……あのときは、かっとなってしまった。他にもやり方があっただろうに、ステイシーを魔女呼ばわりされてはたまらないという気持ちばかりを優先させてしまった。後でサミュエルに叱られそうだ……」

「では、そのときは一緒に叱られます。……だって、私は本当に嬉しかったのですから」

陛下と同罪ですね、と片目をつぶってささやくと、リュートは大きな手のひらでさっと自分の顔を隠して、低くうめいた。あまりに野太い音だったので、近くを通った異国の王族たちが何事かとあたりを見回していた。

「……今すぐステイシーをかっさらって部屋に帰りたい」

「き、気持ちは大変嬉しいのですが、社交がありますので」

「分かっている。……今になって、アーロン陛下とのダンスを許したことを後悔し始めた」

「さすがに前言撤回はまずいですよ」

「だな。……ならばいっそ、ステイシーの代わりに俺がアーロン陛下と踊るか」

「やめた方がよろしいかと」

どうやらここしばらくの間に、ステイシーも突っ込み気質になってきたようだ。サミュエルの気持ちがなんとなく分かった気がした。

楽団が奏でる音楽は、クライフ王国の王城でよく聴くそれらとは曲調が異なる。ステイシーはあまり音楽への造詣《ぞうけい》が深くないが拍子の取り方が違うことはすぐに分かったし、どちらかというと短調の曲が多そうだ、と気づいた。

まずは何曲かリュートと一緒に踊り、その後も他国の王侯貴族の男性に誘われたため礼儀として一曲ずつ踊った。これも、大切な社交——むしろ外交である。ただし、ヴァリアン人の男性からは誘われなかった。当然といえば当然だろう。

　なおリュートの方も別の女性と踊っていたが、たいていは最後まで踊りきる前に相手を終えていた。

　ステイシーが待つソファに戻ってきたリュートは、悩ましげな表情をしていた。

「おかえりなさいませ、陛下。……先ほどの方も、途中で終えられましたね」

「ああ。昔から思っていたのだが、やはり俺の体格では相手の女性たちにとって負担が大きいようだ。四苦八苦しながら踊ろうとしている姿を見ると、無理は言えなくてな……」

　なるほど、彼の恵体《けいたい》は戦闘などでは大活躍できるし社交でも相手を静かに牽制することも可能だが、ダンスとなると相手の女性への負担が大きくなるようだ。

「確かに、陛下よりも背の高い男性はそうそうおりませんからね……」

「ステイシーはいつも、頑張って俺に合わせてくれていたのだな。すまない……」

「いえ、私は慣れましたので」

　そのためむしろ、他の男性と踊ると皆リュートよりも身長が低くて体格も小さいので、「なんだか調子が違うなぁ」と思っていたのだった。

　ソファに座ってしょぼんとするリュートの隣に座り、よしよしとその分厚い背中を撫でていると、ヴァリアン人の貴族がやってきた。彼は確か、アーロンの側近の一人だ。

「失礼します、ステイシー・ブルクハウセン様。アーロン陛下がお越しです」

「ええ、ありがとう」

どうやら約束通り、ダンスの誘いに来たようだ。

すぐにアーロンがやってきて、ステイシーの前で片膝を突いた。

「クライフ王国のステイシー様。どうか一曲、私のお相手願いたい」

「はい、喜んで」

リュートの方を横目で見ると、つい先ほどまでしょんぼりしていたのもどこへやら、きりりと引き締まった表情でうなずいてステイシーを送り出してくれた。「いや、俺が代わりに」と言い出さなかったので、ほっとした。

アーロンに手を取られてダンスフロアに向かうと、少し会場がざわめいた。だがさすがにもう、ステイシーを見て「魔女」と言う者はいない。言えばどうなるのか、十分分かっているようだ。

（……考えてみれば、あのまま私を愚弄されるままにしていたら、クライフ王国を下に見る王侯貴族もいたかもしれない。そう考えると……やっぱり陛下は、間違ってらっしゃらなかったのね）

そう思うと、なんだかとても誇らしいような気持ちになってくる。リュートは自分でも動物的な直感が冴える方だと言っていたが、飾り立てた社交辞令より野性の勘の方が頼りがいがあるものなのかもしれない。

そんなことを考えてつい頬を緩めていたステイシーを見て、アーロンが小さく笑った。

「……よかった。リュート陛下の側《そば》を離れたあなたが微笑まなかったらどうしようか、と不安に思っていたのです」

「それはご心配をおかけしました。ですが今わたくしが笑えたのも、実はリュート陛下のことを考えていたからなのです」

「そうですか。……あなたはリュート陛下のことを、とても愛してらっしゃるのですね」

曲が始まり、最初のステップを踏んだところでそんなことを言われたので、頬が熱くなってしまった。

「あ、愛……そ、そうですね。愛しております」

「おや、赤くなって……愛らしいお方です」

「からかうのはおやめになってくださいませ」

やんわりと微笑みながら言うと、アーロンは「これは失礼」と気障《きざ》っぽく言い、ステイシーの腰を支えてターンした。

ダンスは、とても上手だ。リュートほどの力強さはないが、女性をエスコートすることに慣れていることがよく分かる、こちらへの気遣いに満ちたリードは、受けていて気持ちがいい。

（……まっ、陛下ほどではないけれどね！）

すぐに一曲が終わり、アーロンは笑顔でステイシーを見つめてきた。

「お相手してくださり、ありがとうございます。……これから我が国とクライフ王国が共に歩める時代が来ることを、何よりも願っております」

「はい。わたくしも、これからの二国の恒久なる友好を願っております」

ステイシーにとってヴァリアン王国との和平は、リュートの治世を太平なものとする一つの手がかりだ。

何としてでも、ステイシーがリュートの妃である間に実現させたいものである。


式典が終わり部屋に戻ったところで、ステイシーたちはドロテアたちと合流した。彼女らの方が先に戻っていたようで、お茶を飲んでゆっくりとくつろいでいる様子だ。

「そちらは問題なく終わったようですね」

「はい。ちゃんとアーロン陛下とのダンスも終えました」

「それはよかったです。直前になって陛下がステイシーを取られたくないとだだをこねていたらどうしようか、とサミュエル様と話していたのです」

「私を巻き込まないでください」

ぽんぽんと言葉を交わすドロテアと、サミュエル。

（あまりお二人が一緒にいる姿は見ないけれど、案外仲がよいのかもしれないわね……）

そこでステイシーは、この部屋に入ってからまだ一度もリュートが発言していないことに気づいた。隣に立つ彼の横顔を見上げると、腕を組んで何やら思案にふけっている様子だった。

（……何か、気がかりなことでもおありなのかな？）

「……陛下？」

「ん？　……ああ、特に問題はなかった。ドロテアたちの方は、どうだった？」

今、部屋にはステイシーたち四人の他に、クライフ人の使用人しかいない。ヴァリアン人のいないこの場所なら、ドロテアたちの報告を気兼ねなく聞くことができる。

念のためにドアとベランダの前にも立つよう護衛に指示を出してから、リュートの向かいに座るサミュエルが切り出した。

「昨日から散見された、ヴァリアン人使用人のステイシー様に対する態度、そして会場で聞こえてきたあの言葉に関して聞き取りをしたのですが……どうやらあれは、ヴァリアン王国の風習に関係しているようです」

「……やはりそうだったか」

リュートが唸る。彼はアーロンとの挨拶の際に「その国なりの風習などがあるのでしょう」と言っていたが、それで正解だったようだ。

「ヴァリアン王国に古くから伝わる民話に、光の女神と闇の女神という二柱に関するものがあるそうです。それはヴァリアン人ならば幼少期の寝物語として聞かされるものだとか」

そう言ってサミュエルが取り出したのは、古びた一冊の本。

「こちらの書物は、先ほど急ぎ書庫から取り寄せた民話集です。ここに、光と闇の女神についての記載があります」

＊　＊　＊

むかしむかし、ヴァリアン王国には二人の女神がおりました。

光の女神と闇の女神、二人は仲が悪くて、いつも喧嘩をしていました。

時の王様は女神たちの喧嘩を止めようと努力した結果、闇の女神を地の底に封じることに成功しました。

王様は、光の女神を妃にしました。美しい銀色の髪と澄んだ薄青色の目を持つ心優しい王妃は、国民たちに温かく迎えられました。

しかしそれを、闇の女神が妬みました。

女神は、国に呪いを掛けました。女神の呪いにより、ヴァリアン王国の領土の大半は雪に覆われ

てしまったのです。

闇の女神は今もなお、自分と同じ姿を持つ娘を媒体にして、ヴァリアン王国を滅ぼそうと企んでいるのです――

＊　＊　＊

「おまえ、案外こういうのの朗読がうまいのだな」

「はあ、ありがとうございます」

「……つまり。昔から仲の悪かった女神たちの喧嘩を、大昔のヴァリアン王が止めた。王は闇の女神の方を封印して、光の女神を王妃として迎えた、という内容になります。光の女神が銀髪に青色の目を持っていることから、今でもその色を持つ人は特別扱いされるようです」

「……アーロン陛下も、光の女神と同じ色をお持ちだったわ」

ドロテアの説明を受けたステイシーがアーロンの顔を思い出しながらつぶやくと、民話集を懐に入れたサミュエルがうなずいた。

「ええ。そして先の継承抗争で敗れた第一王子――アーロン陛下の兄君は、別の色の髪と目を持っていたとのことです。そういうこともあり、光の女神と同じ色を持つアーロン陛下だからこそ継承抗争に勝ったのでは……という噂もされているようです」

「継承抗争がどういう形で決着したのか、貴族の間でも不透明なところがあるのだな」

リュートも言ったところで、ドロテアが「話を戻します」と割り込んだ。

「逆にヴァリアン王と光の女神によって封印された闇の女神は二人を恨み、今も地の底で怨嗟を吐いている。その呪いによって、ヴァリアン王国が極寒の大地になってしまったのだ、といわれています」

（……あ。もしかしてさっき廊下で見た、女性二人が喧嘩しているみたいな感じの彫像。あれって、ヴァリアン王国の女神の戦いを模したものだったのかもしれないわね）

なるほど、と納得するステイシーの隣で、リュートが渋い顔になった。

「……普通に考えれば女神云々ではなくてそういう土地だったから、なのだろうがな」

「伝承というのはそういうものですよ。ヴァリアン王国の土地が痩せているのは、闇の女神のせい。そう信じ込むことで――何かを『悪』として設定することでままならない現実を受け入れ、溜飲を下げることができるのです」

サミュエルは目を伏せて言ってから、はす向かいに座るステイシーを見てきた。

「……もうお気づきかもしれませんが。民話で語られる闇の女神は、黒髪に赤い色の目を持っていたと言われているのです」

「……私の髪と目の色が、ヴァリアン王国で疎まれる闇の女神と同じだった。だからヴァリアン人は私を見てびっくりしたり警戒したり、『魔女』と呼んだりしたのね」

はん、と鼻で笑ってやりたい気持ちだ。だが、その国に深く根付く習慣や伝承というものはたやすく覆すことができない。先ほどサミュエルも言ったように、闇の女神という都合のいい「全国民共通の悪」を仕立てることによって、ヴァリアン人は過酷な土地で生きているのだから。

黒髪に赤い目の女性というだけで差別されるなんて、とんでもない偏見だ。だが、何百年もこの土地で継承されてきたものを否定するのは良い手とは言えない。

(難しいところよね……)

むっと黙るステイシーを見て、ドロテアがため息をついた。

「闇の女神はいつか、ヴァリアン王国を滅ぼす。……だからいい子にして、闇の女神を怒らせないようにしなさい、という形でヴァリアンの母親たちは子どもたちを窘《たしな》めるそうです。分かりやすい『悪』を仕立てることにより、自分の都合のいいように物事を進める……まあ、どこにでもある話です」

確かにそういうのはクライフ王国にもあるので、理解はできる。だがクライフ王国で悪者扱いされているのは、「髪を逆立てて両手に棘付きの棍棒を持ち、『うばばばばば』と叫びながら這い寄ってくる老女」なので、黒髪赤目の女性なら全員該当してしまうヴァリアン王国の風習よりもずっと安全なものではないかとステイシーは思っている。

「……だとしたらやっぱり、あの場で陛下が皆に注意喚起してくださったのは大正解ですよ。ただでさえヴァリアン王国はクライフ王国に負い目があるのだから、あそこで止めておくことがヴァリアン王国のためになったということもあるでしょう。……ですよね、サミュエル？」

先ほどリュートが「サミュエルに叱られる」とぼやいていたのを思い出したステイシーが名指しで問うと、サミュエルも難しい顔でうなずいた。

「……そうですね。約三十年前の暴言事件を知らない若者ならばともかく、当時のことをよく知っている世代の者がステイシー様のことを軽々しく魔女扱いするのは、二国の国交断絶状態をこのまま続けてくれ、と言っているようなものですからね。いやむしろ、陛下を怒らせて戦争を起こさせたいのかと思ってしまいます」

「馬鹿を言うな。いくらステイシーのためとはいえ、俺は軽々しく戦争を起こしたりはしない。……だが、おまえも同意するとは意外だな。てっきり『余計なことをしないでください』と怒ると思っていた」

リュートがしみじみと言うと、サミュエルは砂糖と間違えて砂を舐めてしまったかのような顔になった。

「……いくらなんでも、ヴァリアン人の態度は目に余ります。私だってたまには、陛下の軽率な行動を賞賛しますとも」

「褒めているのか貶しているのか分からないな……」

「まあとにかく。……アーロン陛下からも謝罪があったのですから、これからはステイシーを魔女呼ばわりする者はいないでしょう。……ですが、陛下。この国の根底には、黒髪赤目の女性を悪とする風習がある。……そのことは常に念頭に置いておくべきです。たとえ、この国の最高権力者が頭を下げたとしても」

「……ああ、分かっている」

ドロテアの忠告に、リュートは真面目な顔でうなずいた。


式典は終わったので、明後日くらいにはクライフ王国に向けて城を発つ予定だ。

「……そういえば。一つ、気になっていることがある」

今日は湯を浴びて休もうとドロテアとサミュエルが使用人たちを動かしている傍ら、そっとリュートが耳打ちをしてきたのでステイシーはソファに座ったまま彼の方に身を寄せた。

「はい、何でしょうか」

「……」

「……陛下？」

「……その。先ほど、アーロン陛下と一緒に踊っているとき……あなたが顔を赤らめていたのが、気になった」

「えっ」

「それに、そのときのあなたは嬉しそうに笑っていて……。…………いや、何でもない」

「待ってください、陛下」

中途半端なところで話を切り上げて今にも立ち去ろうとしたリュートの上着の袖を掴み、ステイシーは彼を引き留めた。

「最後まで話をしましょう？」

「いや、たいしたことではない」

「いいえ。むしろ『たいしたことではない』と思うからこそ、早めに解決しちゃいましょう。後で、あのときもっと話し合っておけばよかった、ってことにならないようにするためですよ？」

「……そうだな。実は……俺はあろうことか、アーロン陛下に嫉妬していたようだ」

ステイシーに促されたリュートは、うつむいた格好のまま告白した。

なんとなくそんな感じのことを言いそうな予感はしていたが、いざ彼の口から聞くと……頬と耳がほんのり熱くなってきた。

（……そういえば確かに、アーロン陛下と踊っているときに笑ったり、顔が熱くなったりしたわ。

でも……）

「それは、あなたのことを考えていたからです」

「……目の前にアーロン陛下がいるのに？」

「だめですか？　あなたのことを考え、あなたのことが話題に上ったから、私は笑顔になるし照れて顔が赤くなってしまうのです。……あなただけ、ですよ」

落ち込んだ様子のリュートを励まそうと、ステイシーはリュートの右肩に両手を乗せてその腕に胸元を預け、彼の耳元に唇を寄せてささやくように告げた。

その途端、ソファの肘掛けに置かれていたリュートの拳がぎゅっと固められ、肘掛けの先端部分をぎりぎりと握り始めた。それを見てシャッと駆け寄ってきたクライフ人のメイドが、肘掛けの代わりに丸い石を握らせた。これなら、彼の握力によってヴァリアン王国の器物を損壊せずに済む。

「っ……だめだ、ステイシー」

「そ、そうですか……すみません」

「いや、違う。俺のことを考えるのがだめなのではなくて……今の、この姿勢は、よくない」

「……」

この姿勢、とはつまり、まるでステイシーがリュートにしなだれかかっているかのような体勢のことである。リュートは大柄でステイシーとは耳の位置が違うので、少しでも声をきちんと届けようと体を寄せたのだが、さすがにはしたなかったようだ。

（……あー、確かにちょっと下品だったわね）

ステイシーは反省したのだが、そうではなかったようだ。

「……こんなに近づかれたら、俺の理性が持たなくなりそうなんだ。今すぐに、ステイシーを抱き潰して部屋に連れて帰りたくなってしまう」

「……えっ」

ステイシーが間抜けな声を上げると、リュートは左手を開いて握っていた石をぽろりと落とし、その手でステイシーの腰を引き寄せて自分の胸元に抱き込んだ。

「わっ!?」

「……ステイシーのことだから、いたずらの可能性が半分、無意識の可能性が半分、だろうと思っていたが……無意識のうちに俺をこんなに煽《あお》るなんて、いけない公爵令嬢だ」

「ひゃっ！　あ、あの、陛下……」

「俺の隣でアーロン陛下と挨拶をするときは凛としていたのに、俺の腕の中だとこんなに可愛らしい顔になるなんて……ああ、ステイ――んぶっ」

「はい、そこまで」

今にもステイシーの唇を奪おうとしていたリュートだが、二人の唇の間に何かがすっと差し込ま

れた。それは、豪華な羽根飾りの付いた扇子である。

「大変盛り上がっているご様子ですけれど、ここは他国であり、そして同室にわたくしたちがいることもお忘れなく」

「忘れてはいない。おまえたちがいることは分かっていたとも」

「なおたちが悪いわ……」

手にした扇子でぺちぺちとリュートの頬を叩いたドロテアは、その腕をステイシーの脇に通した。そして、ステイシーより細腕で、カトラリーよりも重いものを持ったことがなさそうなたおやかな女性なのに、まるで畑から大根を引き抜くかのようにすぽん、とリュートの腕の中からステイシーを引っ張り出した。

「ではステイシーはこちらで預かります。……陛下もご存じでしょうが、クライフ王国の王族は正式に結婚するまで、婚約者と清い関係であることを求められております。さらにステイシーは、純潔を条件とする星女神教会の聖女。陛下が暴走すれば最悪、婚約破棄。ステイシーは星女神教会に戻ることもできず、我が公爵邸で寂しく暮らすことになってしまいますこと……重々ご承知くださ い」

「わ、分かっているとも」

ステイシーの位置からはドロテアの表情は見えないが、リュートが青い顔をしているので……きっとても迫力のある笑顔だったのだろう。

＊＊＊

アーロンの即位記念式典の翌日から、他国の王侯貴族たちがばらばらと帰路につき始めた。

これが観光で栄えている国だったり、せめてもっと暖かい季節だったりしたならもう少し長く滞在していたかもしれないが、ヴァリアン王国はこれからますます雪が降り積もっていく。早めに帰った方が、お互いのためだった。

「もしまた機会があれば、よい季候のときに訪問したいものだな」

式典の二日後にはステイシーたちも国に帰ることになり、迎えの馬車が待つ広場まで向かう道中にリュートがつぶやいたため、ステイシーはそっと彼の顔をのぞき込んだ。

「……昨夜はアーロン陛下と一緒に、ご歓談をなさったのですよね。よいお話ができましたか？」

「まあまあといったところだな。……アーロン陛下は国民の生活や文化などに関心がおありのようで、ヴァリアン王国のことを想ってらっしゃるということは、よく伝わってきた。これからは臣下たちの才覚にもよるが……国を軽んじる王にはなるまいと、俺は思っている」

リュートはやんわりと言ったがつまるところ、アーロン本人の政治的手腕はそれほどでもなさそうだということだろう。政治が苦手であることを公言するリュートでもそう思うのならば……アーロン一人で北の大地を治めるのは、かなり難しいことかもしれない。

（でも陛下も、サミュエルたちの助力を得てここまでやってこられたとおっしゃっている。よい人材が周りにいるのなら、きっと……大丈夫よね）

広場には、クライフ王国一行の他いくつかの他国の旗を立てた馬車が見られた。先にリュートがサミュエルと一緒に馬車に乗り、ではステイシーもドロテアと一緒に……と馬車に取り付けられた階段を上がっていたところで、クライフ人の護衛がステイシーを呼び止めた。

「ヴァリアンの使者が、ステイシー様にお話ししたいことがあるようです」

「……今でないといけないわね」

何だろう、と思いつつステイシーが振り返るとそこには、ヴァリアン人の男性使用人が立っていた。兵士のような重装備をしておらず、豪華なジャケット姿だがやや寒そうにしている彼はおそらく、文官だろう。

「ステイシー様。アーロン陛下がお呼びです」

「え、陛下が、ですか？」

思わず問うが、使者はうなずいた。

「はい。短時間で十分ですので、お伝えしたいことがあるので是非ともお越しいただきたい、とおっしゃっていました。できれば、お二人きりで」

「護衛も付けられないのですか？」

思わずステイシーが強めの口調で問うと、彼は少しびくっとしつつ首肯した。彼はアーロンの使いであるし……根っこには、黒髪赤目の女性を恐れるヴァリアン人の精神がある。ステイシーが強い口調で詰め寄ったことでおびえさせてしまったようだ。

隣の馬車の窓を開けて様子を見ていたリュートが、「行ってきなさい」と柔らかく告げた。

「アーロン陛下からのお言葉ならば、聞かなければならないだろう。……ステイシーは、それでよいか？」

「陛下がそうおっしゃるのでしたら」

リュートとて、アーロンとの仲を悪化させたくはないはず。となれば、ステイシーは彼の命令に従うまでである。

途中まで上っていた階段を下り、使者に案内されてステイシーが向かった先の道は、きちんと雪が払われている。おかしな場所に連れ込まれるわけではなさそうだ。

建物の陰に、コートを着込んだアーロンが立っていた。使者を残してステイシーがそちらに向かうと、アーロンは小さく笑った。

「呼び止めて申し訳ありません」

「お気になさらず。何か、わたくしにご用事でしょうか」

護衛を外して、他国の王侯貴族の目をかいくぐってでもステイシーに伝えたいこととなると……リュート関連の何かかもしれない。彼への伝言ならば、ステイシーが責任を持って承るつもりだ。

アーロンはそんなステイシーを見下ろして目を細め、はあ、と真っ白な息を吐き出した。

「ステイシー・ブルクハウセン様」

「はい」

「あなたに、心惹かれました。私と結婚してくださいませんか？」

ビュオッ、とすさまじい音を立てて、寒風が二人の間を駆け抜けていった。だが残念ながらその風の中でもステイシーの耳は、今のアーロンの発言をしっかりと聞いていた。

……聞いてはいたが、信じがたかった。

「…………はい？」

「よい返事がいただけないのは、重々承知の上です。……どうか、お気を付けてお帰りください」

「え？　あ、はい、どうも……？」

うまく頭が回らないのでつい変な相づちになってしまったが、それについてとがめるつもりはない様子のアーロンは、ステイシーの背中を軽く押して馬車の待つ方へ向かわせた。きれいに雪が払

われた道は、今ほんのわずか立ち話をしていた間にもうっすらと白く積もりつつある。

「おかえりなさい、ステイシー。さあ、出発しますからお乗りなさい」

「……」

「ステイシー？」

「……乗ります」

気遣わしげな眼差しを向けてきたドロテアに、おとなしく応じるステイシーだが――

『私と結婚してくださいませんか？』

（……やっぱりあの人、馬鹿なのー!?）

内心ではヴァリアン王国の真冬の嵐のごとく、荒れ狂っていたのだった。

❁3章❁ 聖女、報連相をする

ヴァリアン王国とクライフ王国は同じ大陸に存在しており、南へ南へ向かうにつれて寒さが和らぎ、真っ白に染まっていた大地は紅葉の色に変わっていく。山一つ挟むだけでこれほどまでの気候の変化が見られるというのも、なんだか不思議な気持ちだった。

「ああ、やはりクライフ王国が一番ですね。わたくし、寒いのは苦手です」

「……そうですね」

寒がりなドロテアは、まだ秋の色濃いクライフ王国に戻ってこられてとても嬉しそうだ。彼女はステイシーの教育係でありお付きでもあるのだから、ヴァリアン王国に連れて行くのは何もおかしくないことだったが……とても寒い思いをさせてしまったので、ステイシーは重ねて礼を言った。

だが上着を脱いだドロテアは、少し目を細めた。

「……これも公務ですからね。たとえ砂漠の国だろうと汗が噴き出るような南国だろうと、ステイシーが行くのであればわたくしはどこへでも付いていきますよ。いちいち礼など言う必要はありません」

「ではこれは、敬愛する姉を震えさせてしまった妹からのお詫びだと思ってくれませんか？」

「……あなた、言うようになったわね。そういうことなら、受け入れておきましょうか」

ドロテアが微笑んだので、ステイシーも笑みを返す――が、胸の奥では黒いものがどろりどろりと渦巻いていた。

せっかく故郷に戻ってこられたのにステイシーの心の奥底が晴れない原因は、去り際にアーロンがぶちかましてきたあの問題発言だ。

（陛下に報告するべきよね。でも、どういう形で言えばいいかしら……？）

まずはドロテアに相談するべきかもしれないが、隣に座る彼女は強がっていても疲れ果てている様子だ。それに帰路ではリュートもサミュエルも忙しそうで、話すタイミングがなかった。

（そもそも、アーロン陛下のあの発言の意図が全く分からないわ。普通に考えて、隣国の国王の婚約者を口説いたりする？）

なおステイシーは、アーロンの「あなたに、心惹かれました」という口説き文句を一切信じていない。ステイシー自身もアーロンに好かれる要素が何一つないと分かっているので、彼の口説き文句を思い出しても赤面するどころか鼻の頭に皺《しわ》を寄せてしまうだけだった。

（どんなに顔がよくて身分が高くても、好きでもない人からのプロポーズはときめかないものなのねぇ……）

ステイシーの個人的な感情は置いておくとしても、この件をリュートに黙っておくわけにはいかないだろう。

そういうことでステイシーはクライフ王国に戻ってきた翌日に、「ヴァリアン王国のアーロン陛下について、二人きりで話がしたい」という伝言をサミュエル伝手《づて》にリュートのもとへ届けてもらい、その日のうちに日時を決めて会うことになった。

＊　＊　＊

国王の結婚を半年後に控えるクライフ王城は、活気に満ちていた。

「ごきげんよう、ステイシー様」

「ようこそ、ステイシー様」

「ええ、こんにちは」

すれ違った貴族たちに挨拶を返しつつ、ステイシーはサミュエルの後について廊下を歩いていた。

婚約を発表した直後は、ステイシーが王妃になることに難色を示す貴族も存在した。だがここ数ヶ月間、リュートはもちろんステイシーも次期王妃と認めてもらえるように努力してきた。

そのおかげか、最近は皆の態度もぐっと柔らかくなってきた。サミュエルは「何だかんだ言って、陛下には逆らえませんからね」と言っており、ドロテアも「決定したことにいつまでも文句を言うより、あなたにこびを売る方にさっさと舵を切る方が有利だと気づいたのでしょう」と見解を述べていた。

ステイシーの人柄が認められたわけではないのだろうが、ステイシーとて全ての国民から祝福されるとは思っていない。私的な利益が絡んでいようといまいと、とにかく自分の存在を認めてもらえるのならばそれでいいかな、と割り切ることにしていた。

「失礼します。ステイシー・ブルクハウセン様をお通しします」

サミュエルがそう言って、リュートの部屋のドアを開けた。その先のソファには、赤茶色の髪の青年が座っていたが……そのシルエットはステイシーが愛する人よりもほっそりとしている。

彼は振り向くと、片手を上げて微笑んだ。

「久しぶり。元気そうで何よりだ、ステイシー嬢」

「まあ……アロイシウス様、ごきげんよう。……あ、どうかお座りになっていてください！」

その人が杖を手に立ち上がろうとしたので、急ぎステイシーの方が彼のもとに向かった。

リュートの兄でありクライフ王国の先代国王である、アロイシウス・ロブレヒト・ランメルス。見るからに武闘派といった感じの弟と真逆で、アロイシウスは穏やかな文官風の青年だ。

おっとりとしていて物腰も柔らかい男性だと、ステイシーは思っているが……国王時代の彼は非常に有能ではあったが一人でさくさくと物事を決めてしまうため、どちらかというと敵を作りやすい方だったという。

アロイシウスはストッケル侯爵家出身のメラニーを妃にしていたが、政権掌握をもくろむ侯爵や心の奥底ではリュートの方を慕っているメラニーたちから疎まれていたことが、後に分かった。現在ストッケル侯爵家の一味は皆、それぞれの罰を受けているのだが……アロイシウスも少しずつ吹っ切れていけたら、とステイシーは願っている。

アロイシウスは落馬事故により王位を退かざるを得なくなったが、怪我自体はそこまでひどくない。たびたびリュートの政務の補佐をしており、ステイシーたちがヴァリアン王国にいる間も国王代理としてクライフ王国を守ってくれていた。

ステイシーに促されて再びソファに腰を下ろしたアロイシウスは、ステイシーを見上げてきた。

「今日はリュートの手伝いをしに来ていたのだが……あいつは、これからステイシー嬢と会うのだと張り切っていたよ。……ただ張り切りすぎたからかペンを一本握りつぶしてしまい、インクまみれになったため着替えに行っている。もうしばらく待ってやってくれないか」

「そういうことなのですね。かしこまりました」

……部屋の奥にあるデスクの付近で使用人たちが何か忙しそうに作業をしているとは思っていた

が、どうやらぶちまけられたインクを拭き取っていたようだ。そういえば、ほんのりとインクの匂いも漂っている。

「……ヴァリアン王国ではいろいろあったようだが、なんとか切り抜けられたのだな」

ステイシーがアロイシウスの向かいに座るとそう切り出されたので、笑顔でうなずいた。

「はい。……どうやら私のこの髪と目の色はヴァリアン王国ではあまりよい印象がないらしく、少し驚かれたりもしましたが……ご理解いただけたようです」

「ああ、リュートからそのように聞いている。……私も気になって調べてみたのだが、一年のうち半分近くが積雪期であるヴァリアン王国では、雪の中でも目立つ黒色と赤色が『敵』のイメージカラーになっているようだ」

「なるほど……」

そういえば、闇の女神と相対する存在である光の女神はアーロンと同じ淡い色合いの髪と目の色をしているとのことだ。雪に紛れるような色合いが正義で、雪の中でも目立つような色合いが悪。

言われてみれば、分かりやすい。

「かの国では星女神教がほとんど伝わっておらず、独自の宗教が信仰されているが……国民柄なのか、迷信などを気にする者が多いそうだ。我々ももう少し調べていれば、ステイシー嬢の気を煩わせることもなかったかもしれない。すまなかった」

「アロイシウス様が謝られることではありません」

はっきりと言いつつ、そういうことだったのか、と納得した。

（……まあ、いくら見た目の色合いが闇の女神に似ているからって、他国の来賓を魔女呼ばわりするのはおかしいけれどね！）

「それに、ヴァリアン王国に行った際に他国の王侯貴族の方々とご挨拶したり、ヴァリアン王国の風土を学んだりする機会も得られました。あちらでは熱々のお風呂に入った後、あえて冷水を被るそうです」

「ほう。それは興味深いな。なぜ、せっかく温まったところにわざわざ冷水を被るのだ？」

「詳しい原理は分からないそうですが、そうすることでむしろ熱を体の中に溜め込んで、保温効果を継続させることができるそうなのです」

ステイシーも最初それを聞いたときは「正気か？」と思ったし、湯船に浸かった後でヴァリアン人のメイドが冷水の張った桶を手にやってきたときは、ドロテア共々逃げ出しそうになった。だが我慢して冷水を被ると本当にベッドに入っても手足のぬくもりが継続しており、驚いたものだ。

ステイシーの話を、アロイシウスは穏やかな表情で聞いていた。

「それはおもしろい話だな。私も今夜の風呂上がり、試しに冷水に足を浸してみるか……っと」

そこでステイシーの背後でドアが開く音がして、アロイシウスが笑みを深くした。

「……どうやら未来の義妹とのおしゃべりはここまでのようだね。リュート、おまえの婚約者をしばらく借りていた。すまないな」

「いえ、私の不手際でステイシーを待たせたのですから、お気になさらず」

そう言うのは、長袖シャツにスラックスという出で立ちのリュート。着ているものはぱりっとのりがきいているし、よく見ると髪も少ししんなりしている。インクをぶちまけてしまった後、着替えだけでなく髪も洗ったようだ。

「せっかく時間を取ってくれたのに、待たせてすまなかった。……兄上とは、楽しく話ができたか？」

「はい、アロイシウス様のおかげで。アロイシウス様、ありがとうございました」

「こちらこそ。……では、お邪魔虫はそろそろ帰ろうかな。リュート、地方への通達書の内容はあれでいいと思うから、今日中に発送させるように」

「ありがとうございます、兄上」

アロイシウスは微笑むと杖を使って立ち上がり、お付きを連れて部屋を出て行った。

リュートは先ほどまで兄が座っていたソファに腰を下ろし、ステイシーを見て微笑んだ。

「……待たせてすまない。だが、会いに来てくれて嬉しい。ありがとう、ステイシー」

「こちらこそ、お忙しいところお時間を取ってくださりありがとうございます」

「いや、俺の方こそ……。兄上から聞いたかもしれないが、ステイシーとの時間を少しでも長く取ろうと焦るあまり力を入れすぎたようで、ペンを折ってインクまみれになってしまった。急ぐときほど慎重にするべきなのだと、身を以て実感したところだ……」

そう言ってリュートは、大きな背中を丸めてしゅんっとなった。いつも密《ひそ》かに思っているのだが……彼とステイシーは猫好き仲間なのだが、彼自身はどちらかというと大きな犬に近い。

「……それで、ステイシーはアーロン陛下について何か伝えたいことがあるそうだが……」

「……はい」

そこでステイシーが少しだけ目線をさまよわせたことに聡く気づいたようで、リュートはデスク周りの掃除を終えた使用人たちに部屋から出るよう命じた。サミュエルを残すかどうかは迷ったが、「ひとまずは二人きりにしてほしい」とお願いすると彼も心得た様子でうなずき、廊下で警備をすると言って退出してくれた。

部屋に二人きりになると、ふむ、とリュートが眉を寄せた。

「……サミュエルもいったん追い出すということは、もしかしてドロテアにも相談していないことだったりするのか？」

ステイシーとドロテアの関係性をよく理解しているリュートに問われたので、ステイシーは笑みを消してうなずいた。

「……はい。本来ならばもっと早くお伝えするべきだったのかもしれませんが……」

「……まずは話を聞こうか」

リュートも真剣な顔で促してきたので、ステイシーはつばを呑んで深呼吸した。

「……ヴァリアン王国を発つとき、私がアーロン陛下から呼び出されたのはご存じですよね？」

「もちろん。……そのときに何か言われたのか？」

「はい。求婚されました」

「……」

リュートが、固まった。瞬きだけはしているので眼球の乾燥を心配する必要はなさそうだが……それ以外の動作が全く見られない。

おそらく今、彼は頭の中で必死にステイシーの言葉の意味を理解しようとしているのだろう。

「……。……すまない、もう一度言ってくれるか？」

「アーロン陛下から、結婚してくれないかと言われました」

「…………」

かなりの沈黙の後にリュートの右手がゆっくりと持ち上がり、彼はそこに額を当てるような格好でうつむいた。

「……俺は王になってからこれまで、官僚や貴族たちから様々なことを言われてきた。だが……それらのどれもが児戯のように思われるほど、今のは衝撃的だった」

「申し訳ありません……」

「……その発言に対して、ステイシーは？」

「……え、ええと。あまりに急なことでうまく返事ができませんでした。申し訳ありませんでした」

「いや、誰だってそうなると思う」

リュートは今の姿勢のまましばらく静止してから、ゆっくりと体を起こした。いつも快活に輝いている青色の目はややうつろだが、目線はしっかりとステイシーを見据えていた。

「……あの方は、何がしたいんだ？」

「私も、その……無礼を承知ですが、ええと、馬鹿なのかと……」

「俺は、馬鹿よりもっとひどい暴言を頭の中で叫びまくってしまった」

温厚なリュートでもさすがに、この事態は受け入れがたかったようだ。

リュートは目頭を指先で揉み、大きくため息をついた。

「……実は今日の朝、アーロン陛下から親書が届いたところだった。そこには、これから二国の関係回復に向けて是非手を携えていきたい、という旨が書かれていた」

「それは……とてもよいことですね」

「ああ。ちょうど兄上がいらしていたのでお見せしたのだが、兄上もヴァリアン王国との国交回復に賛成してくださった。だから、今日ステイシーと会ったときにはこの話をしようと思っていた矢先――いや、矢先どころではなくて、アーロン陛下は分かっていてやっているよな……」

リュートのため息の理由が分かり、ステイシーは内心げっと思ってしまった。

つまりアーロンはステイシーに求婚するというトンデモ行動に走ったというのにのうのうと、二国の関係回復をしようね、という手紙を送ってきたのだ。

(私が陛下に相談しないと予想して……なわけないわね。相談すると分かっていて、親書を送ってきたの……？)

ふと、ステイシーは眉根を寄せた。ここまでくるともはやただの馬鹿王ではなくて……何か彼に意図があるのではないかと思われた。

向かいに座るリュートも険しい顔をしていたが、やがて口を開いた。

「……ステイシーから見たアーロン陛下は、魅力的な男だったか？」

「え？　……えー、どうでしょうね。確かに容姿が整っていて、麗しい方だとは思いました」

「そうか」

「ですが、私がいつぞや挙げた条件には合っていませんね」

ステイシーが言うと、リュートはすぐに「あれのことか」とほんの少しだけ口元の緊張を緩めた。

――ステイシーがいつぞや挙げた条件、とは。

ステイシーはリートベルフ伯爵を父に持つ、非嫡出子だった。生みの母はステイシーが子どもの頃に病死しており、ステイシーを引き取った伯爵は娘の顔を見て不細工呼ばわりし、世話を伯爵夫人に丸投げした。

いきなり押しつけられた養女を持て余していた伯爵夫人は、ステイシーに神官の才能があると知ると星女神教会に送り込んだ。それから伯爵家とはほぼ縁のない生活を送ってきたが、ステイシーがその功績をたたえられて聖女の地位を与えられると、伯爵は手のひらを返した。

かつて醜女《しこめ》扱いした娘を「可愛いステイシー」を呼ぶ姿には、反吐《へど》が出そうになった。しかも伯爵は勝手に縁談を進めており、心底ウザかった。よってステイシーは縁談を潰すため、「夫に求める条件」としてむちゃくちゃな要望を挙げ、諦めさせようという作戦を決行した。

そのときにステイシーがノリノリで書いた「募集要項」は、次のとおりだ。

『星女神教会の聖女・ステイシーは、以下の条件全てに合致する男性を夫として希望する。

・とろとろに甘やかしてくれること

・とびっきり優しいこと

・誠実で、浮気を絶対にしないこと

・ステイシーが家事を一切しないのを許可すること
・身長は三十八トル以上であること
・猫が好きなこと
・金持ち（少なくとも年収二十万クルル以上）であること
・筋肉質で、片手でレンガブロックを粉砕できること』

　この八つ全てに当てはまる人なんていないよね、やったね、と思っていた直後、現れたのがリュートだった。

　彼は条件全て――実は身長だけは少し足りないそうだが、誤差の範囲内である――に合致していることを、ステイシーの目の前でレンガブロックを片手で握りつぶすことで証明してみせた。そしてすったもんだの末に、今に至る。

「まず、婚約済みと分かっている女性に求婚する時点で、誠実とは言えません。あとは……身長が陛下より低かったですし、筋肉不足です」

「筋肉不足」

　リュートは噛みしめるように反芻して、ゆっくりうなずいた。

「……なるほど確かに、アーロン陛下の細腕ではレンガブロックを砕くことはできそうにないな」

アーロンでなくとも普通の人間ではレンガブロックを片手で粉砕することはできないだろうが、それはいいとして。

「……そう言ってくれたら、俺も安心できた。俺は自分が嫉妬深い性格であることを、今自覚した……」

「嫉妬してくださるなら嬉しいことです。でも、私が陛下以外の男性に心を寄せることは絶対ありませんので、ご安心くださいね」

そう言ってステイシーが微笑むと、リュートも少しだけ表情を和らげた。

「……ありがとう。だが、ステイシーにもその気がないのだからきっぱり断るしかない。というよりそもそも、アーロン陛下はステイシーがうなずくと思って求婚したのか？」

リュートの問いに、あの雪の中で求婚してきたときのアーロンの表情を思い返し……ステイシーは、首を横に振った。

「……違うと思います。ご本人も、受け入れられるとは思っていない、というようなことをおっしゃいました。言い方は悪いのですが、記念求婚……みたいなものでしょうか？」

無論、普通に考えて不敬極まりない記念であるが。

「……。……クライフとヴァリアンの不仲問題においてそもそもヴァリアンの先代国王に瑕疵《かし》があったのは明らかなのだから、その息子であるアーロン陛下はクライフに対して低姿勢であるのが普通だ。そこまで分かっていないはずがないのにステイシーに求婚するのには、何か意図がありそうだな」

どうやらリュートもステイシーと同じく、アーロンの行動にきな臭さを感じ取ったようだ。

「私もそう思いました。ただ単に軽率なだけでなく……こう言うのも何ですが、わざと陛下を怒らせようとしているように思われるのです」

「だな。……だがそのようなことをすれば最悪、クライフ王国がヴァリアン王国に報復をするかもしれない。うちが本気で挑めばヴァリアンに勝ち目はないし……他国に協力要請をすればおそらく、多くの国はクライフに味方するだろう」

リュートの言うことは誇張でも何でもなく、真実だ。

クライフ王国は、穏やかな気候でのんびりとしている印象があるかもしれない。だがその広大な領土を何十年も守り続けてきただけの軍事力があり、近隣諸国との友好な関係も築かれている。

対するヴァリアン王国は自国のみで自足していくのも難しい寒冷な大地でありながら、大国であるクライフと国交断絶という痛手を負っている。アーロンの行いは、その亀裂をより深くして——自国を破滅させかねない。

「……俺個人としては。アーロン陛下の国王としての力量は未知数だが、彼が自国を愛しているのは事実だと思った。ヴァリアンでの滞在時に話をした際も、彼が王としてできることをして、国民たちを幸福にしたいと思っていると語っていた。……その眼差しに偽りはないと思った」

ステイシーは、ごくっとつばを呑んだ。

リュートの勘は、鋭い。兄のような頭脳は持ち合わせていないと自負しているが、彼には代わりに瞬時に味方を見つけ悪を嗅ぎ分ける直感のようなものが備わっている。

(陛下がそうおっしゃるのなら、きっとそのとおりなのね)

ステイシーとしても、たとえアーロンが馬鹿だとしても愛国心のある王であることは事実だろうと考えている。

「……ひとまずこの件は、内々だけで共有することにしよう。ブルクハウセン公爵や外務卿のムーレンハウト卿、それから……サミュエルやドロテアたちにも伝えた方がいいだろう。どうだ？」

「……そうですね。私たちだけで解決できる問題ではなさそうですからね」

年長者たちはもちろん、国王親衛隊のサミュエルやステイシーの教育係であるドロテアにも教えた方が、いざというときに頼ることができそうだ。

頼れるときにはとことん頼り、縋《すが》れる相手には遠慮なく縋って助力を頼む、というのがリュートの方針であり……ステイシーの方針でもあった。

リュートはまずサミュエルを呼び、ざっくりしたことを伝えた。案の定、サミュエルは顔色を変えて「ばっ……ではなくて、ご乱心ですか？」とうっかり暴言を吐きそうになっていた。

「他国の次期王妃に求婚なんて、冗談でも済ませられませんよ!?　何を考えてらっしゃるのか……」

「この件については、まずは内密に共有するべきだろう。この者たちに、連絡を」

リュートが招集を掛ける面々をメモして、それをサミュエルに渡す。そこに書かれている名前をざっと見たサミュエルは、うなずいた。

「妥当な人選ですね。ではこれから伝令を向かわせますので、しばらくお待ちください」

「ああ、頼んだ」

サミュエルが急ぎ部屋を出て行ってから、ステイシーを見てリュートは大きなため息をついた。

「……なんだか一気に疲れたな」

「申し訳ありません。私がもっとはっきり断っていればよかったのですが……」

「いや、そこで万が一相手を激昂《げきこう》させてはならない。それに、終わったことを悔いても仕方がない。ここからは俺たちと一緒に、解決していこう」

「……。……ヴァリアンとの国交回復、叶うといいですね」

ステイシーがつぶやくと、リュートは微笑んだ。

「……そうだな。アーロン陛下の真意が分かり……それでいて和解する道があるのなら、それを選ぶのが一番だ」

「はい。……あの、陛下。そちら、行ってもいいですか？」

体を起こしたステイシーは、思い切って尋ねた。

なんとなく今、リュートの近くにいたい……彼の体温や匂いをもっと近くで感じたい気持ちだった。それはもしかしたら、雪の中でアーロンが求婚してきたときのことを思い出したから……なのかもしれない。

リュートはかっと目を見開き、体を起こした。大柄で体重のある彼が急に身を動かしたため、ソファがきしんだ音を立てる。

「ここに来るのか!?」

「だめですか？」

「いや、もちろん大歓迎だ！　……こちらへ、ステイシー」

「……はい」

許可をもらえたので、ソファから立ち上がったステイシーはテーブルを迂回してリュートのもとに行き――すぐさま彼のがっしりとした腕に抱き留められたので、彼に背を向けてその膝の上にとんっと座る形になってしまった。

（……あ、あれ？　私、隣に座るつもりだったのだけど……？）

「あ、あの、陛下……？」

「……ふむ。少し緊張してしまったが、これはなかなかいいな」

慌てて後ろを振り向こうとしたが、ステイシーを膝に乗せたリュートが右肩に顎を埋《うず》めるようにしてきたため、そのまま中途半端な格好で動きを止めてしまう。

（あ、あわわわわ！　吐息が、首筋に、掛かってる……！）

もしかして彼が先ほど少し動揺していたのは……リュートとしては最初から、ステイシーを膝に乗せることを想定していたからなのではないだろうか。

「あのっ！　重くないですか!?」

「重い？　まさか。……以前乗馬の際にステイシーを受け止めたときから思っていたが……あなたの体は、羽根のように軽い。俺がこうして抱きしめていないと、そのままふっと飛んでいってしまいそうだ」

「さすがにそこまで軽くはありません……」

ステイシーの体重で飛んでいってしまうのならば多くの女性や子どもや老人が、少し風が吹いただけでクライフ王国の空をふよふよと飛んでしまうのではないか。

だがステイシーの突っ込みを気にすることなく、リュートはステイシーを抱きしめる腕にぐっと力を込めた。

「……こんなに軽くて小さな体のステイシーに、俺は無理ばかりさせている。今回のことだって、ずっと一人で悩んでいたのだろう？」

「……確かに悩みましたが、そこに私の身長や体格は関係ありません」

ステイシーははっきりと言うとリュートの腕に手を添えて、えいや、と力を込めて自分から引っぺがす。ステイシーごときの力で引き剝がせるものではないのだが、リュートの方がステイシーの行動を察して力を弱めてくれたので、わりとあっさり剝がすことができた。

その隙にステイシーはぐるっと体を回転させてリュートと向き合うような形で彼の膝に乗り、驚いた顔をする婚約者の両頰にそっと手を添えた。

「それに、あなたが私に無理をさせたというのは、間違いです。私はいつだって、私のやりたいことをやりたいようにやっています。……私が無理をするのも、苦労するのも、全て私自身がやりたいと思ったからなのです」

「……国交問題は、頭が痛くなるようなものばかりだ。それに早速、ステイシーも当事者になってしまった。それが苦痛ではないのか？」

「大成するためには、苦労はつきものですよ」

ふふっとステイシーは笑った。

「身近なところにあるものと遠い場所にあるものとでは、手に入れたときの満足感が違うでしょう？　私は……手に入れられるのなら、どんっとすごいものを手に入れたい。王妃になるのならいっそ、これまでの王妃像が吹っ飛んで、『クライフ王国の王妃といえば、ステイシー』と言われるくらいすっごい存在になりたいのです」

「すっごい存在……」

「あのアロイシウス様でさえ成し遂げられなかった、ヴァリアン王国との国交回復という目標。それを達成できれば、あなたにとって……そして私にとっても、大きな勲章になります。ほら、言うじゃないですか。夢はでっかく、と！」

「……ふ、ふふ。なるほど、確かに。どうせ手に入れるのならば、でかいものを入手したいな」

「そうでしょう？」

顔を近づけ、こつ、と額同士をぶつける。

間近で瞬く青色の瞳が、ステイシーは大好きだ。いつだって前を向く、少しだけ優しすぎる……そんなリュートの強い眼差しが、大好きだ。

彼と一緒なら、どんどん先へ歩いていける。険しい道でも一緒に歩き、その先で宝を手に入れたら二人で一緒に喜び、もっと先へ、もっと遠くへ、といつまでも未来を見据えて歩いていけるはずだ。

ふ、と彼の目が弧を描く。太い指先が、ステイシーの頬に掛かっていた髪を優しく払いのけてくれた。

「……本当に、ステイシーには敵《かな》いそうにない。こんなに小さくてか弱く見えるのに力強くて、どんどん先へ行ってしまうのだから」

「ふふ。何事にも貪欲なのが、私のいいところですので！」

かつては「悪逆聖女」と罵られた貪欲さも、今では胸を張って自分の特徴、魅力だと言えるようになった。これも……リュートのおかげだ。

「それに、私の方があなたに迷惑を掛けることもあるのですからね。……私は、飛んでいったりしません。あなたの側で、あなたをずっと支えます。そして、あなたもまた私を支えてくれる。私をうんと甘やかし、愛してくれる。……そうですよね？」

ステイシーが首をかしげて尋ねると、リュートの唇が弧を描いた。

「……もちろんだ。愛している、ステイシー」

「陛下……」

「ステイシー。どうか、二人きりのときは……俺のことを、名で呼んでくれないか」

甘えるように頼まれたため、ふわふわとした多幸感に浸っていたステイシーははっと覚醒した。

「名……ということは、リュート様と……？」

「俺としては呼び捨てでも一向に構わないのだが、まあこれは仕方ないか。だが、陛下、というのは俺の身分であって、名前ではないからな。ステイシーさえよければ、リュートと呼んでほしい」

その青色の目に切ない感情が込められているようで、ステイシーの胸が苦しくなった。

「陛下」は身分であり、名前ではない。

彼は生まれてからこれまで、「殿下」や「陛下」と呼ばれ続けてきたことだろう。それはもしかすると……本名である「リュート」よりずっと回数が多いかもしれない。

彼のことを名前で呼ぶのはきっと、彼の両親や兄くらいだろう。そこにステイシーも入れてくれるというのは、喜ばしいことであり――リュートにとっての安らぎにもなるのだろう。

「かしこまりました。……リュート様」

その呼び方は、二人だけの秘密。

リュートが低い声で「目を閉じてくれ」と命じたため、ステイシーは期待を胸にそっとまぶたを閉ざした。ふっと吐息が掛かり――自分のそれよりも少しだけ温度の低い唇によって、呼吸を奪われる。

ふは、と二人ほぼ同時に息をつき、間近で見つめ合う。

「ステイシー。……可愛い」

「私が可愛いとしたらそれは、あなたが私を磨いてくれたからです」

貪欲で面倒くさく横暴な性格のステイシーを可愛らしくしてくれたのは、他ならぬリュートだ。

彼がステイシーを愛《め》で、大切にして、守ってくれたから、ステイシーは美しく輝くことができてい

る。

（私はずっとあなたと共にいます、リュート様）

それが聖女ステイシーの、誓いだった。


……国王とその婚約者が愛を育んでいる、その部屋からドアを一枚隔てた先では。

「……ということでお父様も今夜、お風呂上がりに足と手を冷水に浸してみてくださいな。ベッドに入るまでほかほかですのよ」

「おお、是非ともやってみようか。……それで、ドロテアよ。そろそろ陛下のもとに行くべきなのでは……？」

「ああ、そうです！　ヴァリアン王城の廊下で見かけた水晶製の像の中に、お父様にそっくりなものがありましたの」

「ほほう、そうなのか！」

廊下で立ち話をするのは、ブルクハウセン公爵とドロテア。彼らの目的地である国王の部屋は目と鼻の先――というかドアを開ければすぐなのだが、そこでうだうだと世間話をしている。そんな親子の側では、ちらちらと室内の方を窺《うかが》ってはドロテアに向かって小さく首を横に振ってみせるサミュエルが。

室内でお取り込み中だというのは、サミュエルだけでなくドロテアも察していた。もうすぐムーレンハウト卿なども到着するだろうというのに廊下で時間潰しをしているのには、二つ理由がある。

まずは、いきなりここでドアを開ければ国王と公爵令嬢がイチャイチャするシーンを見る羽目になり――サミュエルとドロテアはともかく、ブルクハウセン公爵は多少ショックを受けるだろうと思ったから。だがまあこちらは、わりとどうでもいい。

もう一つの理由は――これから重大な話をする前だからこそ、国王とその婚約者に安らぎのひとときを与えてあげたい、というのがドロテアたちの願いだったからだ。

ヴァリアン王からの求婚。この問題はさくっと解決できるものではないと、サミュエルは予想している。そして普段どちらも多忙で、会ってお茶をするだけでも日程確認、公務や聖女の仕事の調整、関係者への説明……などをしなければならない若い二人の逢瀬の時間が、ますます減る。

大問題を前にした主君たちのためにできることはなんでもしたい、というのが、ドロテアとサミュエルの気持ちであった。

＊　＊　＊

ヴァリアン王アーロンがステイシーに求婚したという話は、ごく一部の者にのみ伝えられた。年長者たちは何も言わなかったが、おそらく彼らも「馬鹿なのか？」と思っているだろうことは、ステイシーたちもなんとなく察した。

では、アーロン王に対してどのような対応をするべきなのか。ここは外務卿であるムーレンハウト卿、そしてステイシーの養父であるブルクハウセン公爵などの年長者たちが表に立って牽制を入れるべきだろう、と話がまとまり、ヴァリアンに向けて使者を送ろうとした、矢先。

「……」

「……」

「……ええと。歓待……するべきですよね？」

「……ああ、もちろんだ」

リュートとステイシーが一緒に読んでいる、書状。

そこには、「お二人の結婚式への参加も兼ねて、早めにクライフ王国を訪問することにした」と、アーロンの文字で書かれていた。

リュートとステイシーが結婚するまで、あと二ヶ月——のはず。

❀4章❀　聖女、隣国の王の真意を探る

昔、クライフ王国に存在していた高名な軍師がこう言った。

『行動力のある馬鹿ほど、厄介な敵はない』と。


「ようこそお越しくださいました、アーロン陛下。……我々の結婚式に参列してくださるとのことですが……まだ準備も完全にできておらず、十分なもてなしもできないことをお詫びします」

「どうかお気になさらず。こちらこそ、私の身勝手でリュート陛下やステイシー様の手を煩わせぬようにいたします」

クライフ城の城門前で、二人の国王が握手を交わしている。片方は筋骨隆々とした赤毛の青年で、もう片方は華奢《きゃしゃ》な印象のある銀髪の青年。

かたや武人風、かたや文官風という、タイプが全く異なるがどちらも美男子で、しかも一国の国王である。

そんな二人に挟まれる形で立つステイシーは、まさに両手に花状態。事情を何も知らない令嬢たちが頬を赤く染めて、陰からこの様子を見守っているようだが——リュートの側で慎ましく微笑むステイシーは、この笑顔が崩れないようにするので必死だった。

（一国の王様が来たのに歓待しないわけにはいかないし……どう考えても手を煩わせるに決まっているでしょう！）

おそらくリュートも同じ気持ちだろうが、そんな態度はおくびにも出さずににこやかにアーロンを迎え、肩を並べて歩き出した。端《はた》から見れば、長らく国交断絶だった二国が若き王たちによって再び友好関係を結ぼうとしている、歴史的瞬間——なのかもしれない。

アーロンからの書状が届いたのが、五日前。そこから慌ただしく準備を整えて今日、なんとか一行を迎えられるだけの体裁を整えることができた。

（でもそのおかげで、本当なら今日陛下と一緒に結婚式の衣装合わせをする予定だったのに、後日になってしまったわ……）

結婚式の日に着る正装は、どちらのものも急いで作らせていた。国王の婚約から結婚まで半年というのは非常に早いのだが、「少々質素なものになってもいいから、国民たちに早く吉報を届け、国を沸かせたい」というのがリュートとステイシーの主張で——「早くステイシーと一緒に暮らしたい」というリュートのちょっとした我《わ》が儘《まま》もあった。

だが重鎮たちもリュートの我が儘に気づいた上で、準備を進めてくれている。敏腕なアロイシウスから引き継ぐ形で急遽王位を継ぎ、気苦労の絶えない日々を送ってきた国王に、早く安らぎの時間を与えたい……という願いがあったからだろう。

それなのに、アーロンが押しかけてきたおかげでいろいろな予定が狂ってしまった。これには大臣たちもおかんむりで、「国交回復について考え直した方がいいかもしれません」と苦言を呈してくるくらいだった。

ふと、アーロンが振り返ってステイシーを見て微笑んだ。

「……雪の中にたたずむステイシー様も可憐でしたが、やはり生まれ故郷の空の下に立つお姿の方がお似合いでらっしゃいますね」

「まあ、ありがとうございます、アーロン陛下」

くすっと笑って嬉しそうに応じる演技は、きちんとできただろうか。

どうやらアーロンは「クライフ王国についての勉強や視察も兼ねて」ということで、早めにヴァリアン王国を発ってこちらにやってきたらしい。いくら何でも早すぎるだろう、とステイシーは突っ込みたかったし、滞在費用はいったんこちら持ちになっている。

結婚式の際の祝儀として多めに贈られるそうなので、それで相殺する予定だ……とリュートがこっそり教えてくれた。だから費用に関してはほぼプラスマイナスゼロだが、早めのお越しにより貴重な時間を食われるのは間違いないと、アーロンは分かっているのだろうか。

（でも言うなら、クライフ王国は私たちのテリトリーであり……ここなら、星女神教会の名を使うこともできる。もしアーロン陛下が再び私に対して何らかの行動を起こすようなら、聖女への冒瀆《ぼうとく》ということで押さえ込むことができるわ）

郷に入っては郷に従う、というのはどの国でも同じことだ。先のヴァリアン王国訪問の際はステイシーの方が不利な立場にあったが、アーロンがクライフ王国領土内にいる間は全ての権限はリュートにあり、ステイシーの身分は星女神教会にある。

（……ご自分の行動や発言が制限されるということは、アーロン陛下も分かってらっしゃるはずよね……）

アーロンは自分の母方の親戚にあたる大臣たちに国を任せ、ごく一部の護衛や使用人のみを連れてクライフ王国にやってきていた。ただ、ごく一部といってもその規模は五十人ほどになる。

リュートたちはそれだけの人間を受け入れ、適度にもてなさなければならなかった。

＊　＊　＊

ステイシーは結婚して王妃になると同時に星女神教会の聖女の座を降りる予定なので、結婚ぎりぎりまでは働くつもりである。さらにリュートがアーロンの相手をする時間も取らなければならないので、本日は王城には行かずに星女神教会の聖女としての仕事をしていた。

他の宗教だと、神官や聖女の仕事は祈りを捧げたり魔法で人々を助けたり……というものだろうが、星女神教は少し違う。星女神教の教義は、女性を始めとした弱き者を救うことであり——そのためならば少々強行手段に出ても問題ない、というものだ。

ステイシーたち星女神教会の神官は主に、「光」の魔法を操る。邪気を防ぐ防護壁を作ったり、毒物を検出して解毒したり、魔物の攻撃から身を防いだりと、守護の役割を果たす。

またステイシーのように一部の上級神官や聖女は、「空間」の魔法も使える。こちらは「光」より扱いと習得が難しいが、使いこなせたら空気を圧縮させて弾丸のように飛ばしたり、物理攻撃などを弾《はじ》く壁を作ったりできる。

「それじゃあ今日も、魔物退治の訓練を行います。皆、怪我のないようにすること」

聖女のローブに身を包んだステイシーがそう言うと、周りに集まっていた若い神官たちが「はい！」と元気よく返事をした。

神官や聖女が纏う白いローブは、純潔と信仰心、そして悪に屈せぬ正義を象徴する。魔法の力を有し星女神の教えを守る女性にのみ着用を許されたこのローブに袖を通すたびに、今日も聖女として頑張ろう、という気持ちが湧いてくる。

（でも、私がこのローブを着られるのもあと二ヶ月ほどなのね）

後輩神官たちを率いて魔物の棲む森に足を踏み入れたステイシーは、最近ではこのローブにちょっとした寂しさを感じるようになっていた。

ステイシーは、一生結婚しないつもりだった。神官には年齢制限がないから、能力さえあればずっと教会で働ける。

神官や聖女も、本人が強く望むのであれば結婚できる。だが、神官たちは愛する男性と結婚することと引き換えにその身分を返上して還俗《げんぞく》しなければならない。星女神は結婚や出産も司《つかさど》るから、結婚により神官を辞めるのは悪いことではない。それでも、一抹の寂しさというものはあった。

（結婚してこのローブを着られなくなるまでの間に、やりたいことはうんとやっておかないとね……っと）

にわかに森の空気がざわつき、神官たちが警戒するように周囲に視線を向ける。

「……近いわね。皆、迎撃態勢！」

「はい！」

神官たちが構えた直後、茂みをかき分けて現れたのは――真っ黒な体毛を持つ犬のような生き物だった。一見すると野良犬に見えなくもないが、かっと見開かれたその目は毒々しいほどの赤い光を放っている。魔物は普通の動物と違い魔力を宿しているため、目などにその特徴が出やすかった。

魔物は野生動物を食った後なのか、口の周りにべったりと黒っぽい血が付いていた。それを見て数名の神官が息を呑み、後ずさろうとした。

「……下がってはなりません！　やつは、弱い者を優先して狙ってきます！」

ステイシーが注意を促すが遅く、後ろ足をばねにした魔物が跳躍し、逃げ腰になっていた神官に飛びかかった。

「きゃあっ!?」

まだ年若いその神官は悲鳴を上げてうずくまってしまい、魔物の薄汚れた牙が向けられる――が、ステイシーが放った衝撃波がその横っ面に命中した。

まるでナイフ投げをするかのような仕草でステイシーが放った「空間」魔法による波動を受けて、魔物が立て付けの悪いドアを無理矢理こじ開けたときのような耳障りな悲鳴を上げて、吹っ飛んだ。

「攻撃できる者で包囲し、仕留めなさい！　他の者は、戦闘続行が難しい味方の援護を！」

ステイシーの指示を受けて、すぐさま神官たちが動き始める。比較的年長で魔物退治経験回数の多い神官は率先して魔物のもとに向かい、自分では難しいと思った神官は下がって、尻餅をついたまま震える味方を守るように固まる。

星女神教会は、魔物退治も行う。よって神官たちは神学書の暗唱や魔法の訓練だけでなく、毒物の扱いや野営の仕方、はたまた簡単な用兵術も教えられる。

神官の中には、魔法の腕前はそこまででもないが軍師としての才能があったり、野営中の料理当番として最適だったり、毒キノコを瞬時に見分ける目を持っていたり……という方向で活躍する者も少なくない。教会は、いろいろな才能を持つ人材であふれていた。

そういうことで、ステイシーの号令を受けた神官たちはすぐに行動して、魔物に対処する。そんな部下たちの活動を、ステイシーは少し離れたところで腕を組んで見守っていた。

ステイシーが出るのは、いざというとき――先ほどのように、このままだと死者が出かねないときのみだ。彼女が戦場に立てるのも、あと二ヶ月足らず。それまでに一人でも多くの神官を鍛え上げ、自分がいなくても立派に務めを果たせるように育てる必要があった。

「まずは足を狙いなさい。動きが鈍ったところで、頭部を潰すこと。あの魔物の爪と毛皮が武具の材料になるので、極力汚すことなく仕留めなさい」

「はいっ！」

神官たちがステイシーの指示を受けて、魔法を放つ。まだ空間の魔法を習いたての彼女らが放つ空気の弾丸はひ弱だが、それでも集中して何発も食らわせたら蓄積ダメージがかなりのものになる。

ドッ、ドッ、と鈍い音を立てて衝撃波が何度も魔物の体を襲い、ついに魔物は悲鳴を上げて片膝を突いた。魔物が動けなくなったところで神官たちは続いて頭部を狙って衝撃波を打ち、とうとう魔物はぐしゃっと倒れ伏して動かなくなった。

ステイシーは魔物に近づいて持っていた錫杖の先でぐいっと体を起こし――息をしていないのを確認して、うなずいた。

「よくできました。では素材となる部分を汚さないように気をつけて、縛り上げなさい。森の入り口で待っている神官たちに引き渡すまで、気を抜かないこと」

「はい！」

動ける神官たちがすぐに魔物を縛り上げに向かい、動けない者はその場でまず体力回復効果のある薬草ドリンクを飲んで、退路の確保のためにあちこちに向かう。

……ううぅ、と声がした。ステイシーがそちらを見ると、うずくまって泣いている神官が。

「マリヤン。どうかしましたか」

「……私、何もできなくて……怖くて、でも、それじゃだめだと分かっているのに、立てなくて……」

ぐすぐすと鼻を鳴らしながら言うのは、今回のメンバーの中で最年少のマリヤン。彼女はまっさきに魔物の標的になって座り込んでしまい、それ以降立つこともできなかったのだ。

自責で涙をこぼすマリヤンに微笑みかけ、ステイシーはそっと彼女の手を取って立たせた。

「今回は失敗した、と思うのならばそれで十分です。次に頑張ればいいのですよ」

「でも……」

「そうそう、ステイシー様のおっしゃるとおりよ」

そう言ったのは、魔物を縛り上げてその紐の先を手にしている神官。十代半ばくらいの彼女はマリヤンを見て、からりと笑った。

「私だって初めての戦闘のとき、あなたみたいにへたり込んでしまったのよ。そのときも、ステイシー様に励まされたっけ」

「ああ、そうでしたね」

確かに数年前、彼女も初陣のときに魔物におびえて泣いてしまっていたものだ。そんな彼女も一年前の魔竜討伐作戦に連れて行った際はぼろぼろになりながらも最後まで戦い抜き、今もおぞましい見目の魔物を手際よく縛り上げげられるようになったのだから……成長したものだと、ステイシーはしみじみ思う。

「そう、誰にだって失敗はあるのです。……次は頑張るぞ、という気持ちで、今日のところは自分をしっかり甘やかしてあげなさい」

「甘やかす……ですか？　叱る、ではなくて？」

不思議そうな顔のマリヤンに、ステイシーはにっと笑いかけた。

「もう今の時点で十分、あなたは自分を叱ったでしょう？　だから今日は、『下手に行動せずにその場に留《とど》まることで、味方の陣形を崩さなかった』というところをうんと褒めてあげなさい。誰だっていくつになっても、甘やかしてほしいし褒めてほしいものです。……かく言う私だって、甘やかして褒めて可愛がってもらいたいんですからね」

「わぁ……ステイシー様もなのですね？」

「そうそう。だから……よく頑張りました、マリヤン」

「……は、はい！　ありがとうございます、ステイシー様！」

話をすることでマリヤンはぐっと元気になったようで、立ち上がると「私も持ちます！」と、魔物を引っ張っていく係を担当しに行った。

無茶はしなくていいとステイシーは思うのだが……ああやって動いている方がマリヤン自身も楽になるのだろう、ということで見守ることにしたのだった。


一日の勤務を終えたステイシーは、大司教のもとに向かった。

星女神教会を束ねる大司教は、今年で六十歳近くになる――と思われる。詳しい年齢は非公開で、それについて本人に尋ねるととてもきつい「お仕置き」を食らうともっぱらの噂なので、誰も聞けずにいた。

大司教のローブは、ステイシーが着ている聖女のローブよりも装飾は控えめだが、マントの部分に豪奢な刺繍《ししゅう》が施されている。星女神が降臨する姿を描いたそのマントを着用することは叶わなくとも、せめて司教の立場くらいにはなりたいものだ、とステイシーは思っていた。

だが、もうその夢は叶わなくなる。ステイシーは二ヶ月後には星女神の腕の中から離れ、人の妻になるのだから。

「浮かない顔ですね、ステイシー」

「えっ、そうですか？」

大司教の執務室で明日の予定表を確認していたステイシーが顔を上げると、夕日を背にして座る大司教はおっとりと微笑んだ。

「国王陛下との結婚、というだけでもかなりの重責となるでしょうに、今のあなたたちには降って湧いてきた厄介もございますからね。仕方のないことでしょう」

……口調こそは穏やかだが、どうやら大司教もあの北の国からやってきた迷惑千万なお客様のことを、持て余しているようだ。

（もしお客様がアレハンドリナ女王陛下のような敬虔な星女神教徒だったたら、大司教猊下《げいか》が接待をされることもあるのだけれど……今回の相手は主宗教を異にする国の王様だからむしろ、猊下は下手に接触しない方がいいのよね）

宗教は人の心の支えになるが、異なる宗教を信仰する者同士だと軋轢《あつれき》が生まれやすい。星女神教会は多くの国で信仰されており規模が大きいが、小規模の宗教が「星女神教会に弾圧された」のようなことを言い散らかす可能性もある。そういうことで大司教ほどの者になると、うかつに出てこない方がよいこともあった。

「……アーロン陛下については、私や陛下としてもいろいろ考えることがございます。まずは結婚式を無事に終えられるよう、努力します」

「……。……懐かしいですね。あなたが星女神教会にやってきて……もう八年近く経つのですね」

ふいに大司教が目を細めてつぶやいたので、予定表に書き込みをする手を止めたステイシーは微笑んだ。

「そうですね。私が十二歳くらいの頃でしたから……もうそんなになりますね」

「あの頃のあなたは、大変鋭い目つきをしていました。……必要がなければ捨てられるかもしれない。だから頑張らないといけない、とその目が語っていました」

それは、ステイシーにも自覚があった。

大好きな母が死に、父親だと名乗る中年男には「こんな不細工は、要らん！」と怒鳴られた。養母や異母きょうだいたちからは、腫れ物に触れるような扱いを受けてきた。

……強くなりたい。

誰にも文句を言われないくらい強くなって、偉くなって、見返してやりたい。権力をもってステイシーや母を苦しめてきた伯爵を、権力をもって踏みにじってやりたい。そんなゆがんだ目的が、ステイシーの生きる意味だった。

「……先ほどマリヤンが、嬉しそうに言っておりました。ステイシー様から励ましてもらえた、と」

「……ま、まあ。マリヤンったら」

「あなたに声を掛けてもらえて、よほど嬉しかったのでしょうね。あなたがどんなことを言ってくれたのかを嬉しそうに語る声が、ここまで聞こえてきましたよ」

椅子に深く腰掛けた大司教は、照れ隠しで笑うステイシーを見て笑みを深くした。

「誰だって、いくつになっても、甘やかしてほしい、褒めてほしいものだ。……それはマリヤンに掛けた言葉でしょうが、これから結婚するあなた自身にも言い聞かせるべきことだったのではないでしょうか」

「……」

「あなたが人一番の努力家であること、そして星女神教会でも屈指の実力を持つ者であることは、わたくしも認めております。……ですがあなたは同時に、一人の人間なのです。そしてあなたはいずれ、その一人の人間である男性のもとに嫁ぎます」

「……はい」

「星女神様は、夫婦とはどちらかが一方的に与えてばかりいる関係であってはならないと説いてらっしゃいます。結婚によってあなたは、国王陛下の重責を共に分かち合うことになる。そして国王陛下もまた、星女神教会の聖女を妃にするという責任を背負うことになる。……ですがそれ以上に、お互いを慈しみ、甘やかし、賞賛し合う関係であるべきです」

「お互いを慈しみ、甘やかし、賞賛し合う関係……」

ステイシーは、復唱する。

相手のことを大切にして、もし傷ついているときや疲労しているときにはうんと甘やかし、そして相手のことを尊敬して褒め称える。どちらかが一方的に与えるだけ、与えられるだけの関係ではなくて、二人が均等に分け合える関係こそが、星女神の望む理想の夫婦の姿。

そこで大司教はくすくすと可愛らしく笑った。

「あなたが国王陛下に求婚されるきっかけになった、あの募集要項。わたくしも読みましたし……なんならせっかくなので一部、保存しております」

「えっ」

それは初耳だ。父はステイシーにせっつかれ、あの募集要項を大量に作ってあちこちに配ったそうだが……そのうち一部が大司教のもとにまで行っていたとは。

「おそらく半分近くはあなたの個人的な趣味だったのでしょうが、なかなか的を射た項目もありましたね。……甘やかしてくれる、優しい旦那様。国王陛下があなたにとって甘えられる相手であるのと同じように、あなたも陛下にとって甘えられる存在でありなさい」

「大司教猊下……」

「そして……そうですね。できればわたくしの足腰がしっかりしている間に、あなたの子を一度は抱かせていただきたいものです」

「……ふふ。もちろんです。子どもが生まれたら、この方は私にとってとても大切な方なのよ、と教えますね」

「ええ、ありがとう。そのためにも、わたくしも元気に長生きせねばなりませんね」

大司教は慎ましやかに笑った。

……なお、歴代の大司教は例に漏れず皆長生きで、百歳を超えることも少なくない。

きっとこの大司教も百歳になってもピンピンとしており、悪さをした神官に「お仕置き」をしていることだろう、とステイシーは思っている。

＊　＊　＊

クライフ王城では、ヴァリアン王国から押しかけてきた一行の相手をほどほどにしつつ、リュートとステイシーの結婚に向けて準備を進めていた。

ある日、ステイシーはドロテアとブルクハウセン公爵と共に、王城に向かった。

「こちらでございます」

「まあ……素敵じゃない」

ドロテアが、部屋の中央に据えられたトルソーを見て満足そうに言った。

たくさんのお針子たちが忙しく作業をしている部屋の、中央。そこに置かれたトルソーには、見事なドレスが飾られていた。

つるりとした光沢のあるなめらかな生地の色は、深い青と白。左胸やウエスト、スカートにはシルクで作られた薔薇の花が飾られ、どちらかというとシックな雰囲気のドレスに甘い彩りを加えている。

ドレス以外の小物は、近づいてきたお針子たちが見せてくれた。白い絹製のロンググローブと、宝石輝くティアラやネックレスなどの装飾品。繊細なレース製のベールは後ろ部分は床を引きずるほど長いが、顔の正面側も顎あたりまで隠せそうな長さがある。

きらきらしい品々を見て、ブルクハウセン公爵が満足そうに唸った。

「ほう……これは見事だ。ああ、ちなみに靴の方は、どうだ？　ステイシーはヒールが高い靴は苦手だから、歩きやすいものをと注文したのだが」

「公爵閣下のご要望通り、ステイシー様のお み足に負担のないデザインの靴を作っております。明後日には完成するのでブルクハウセン公爵邸にお届けして、そこで最終調整を行います」

「うむ、頼んだ」

「このベールのデザインは、ステイシー用にアレンジしてくれたのよね？」

「はい。歴代の王妃様が着用なさったベールはもう少し前側が短いのですが……ステイシー様は星女神教会の聖女であらせられるので、誓いのキスの際に陛下がこちらのベールを捲《めく》り上げることで、星女神様に仕える神官の立場から還俗して、一人の人間となることを示すのです」

「あら、素敵ね。……ステイシーは、どう？」

公爵やドロテアがお針子たちとやりとりをして最後にステイシーの方を見たが、ステイシーはただただ目の前のドレス――結婚式の日に着用するウェディングドレスに見入っていた。

青と白は、クライフ王国のナショナルカラー。昔は花嫁の衣装は白と決まっていたそうだが、最近では白以外の様々なデザインのドレスも着られるようになっている。

だが国王のもとに嫁ぐ王妃は必ず、青と白のドレスと決められている。クライフ王国の国母となることや、王家の一員となることへの決意の表れであると言えよう。

なお結婚式の予算について、リュートもステイシーもなるべく抑えめにするという方針でいる。

よってこのドレスも、先代王妃メラニーが着ていたものよりも値段の点では七割程度らしいが、ステイシーにとっては十分すぎるくらいだ。

（とっても素敵なドレス……これを着て、私はリュート様と結婚するのね……）

ほんわかと夢見心地に浸るステイシーを、公爵はうんうんとうなずきながら見守っている。だが幾分冷静なドロテアは咳払いをすると、とんっとステイシーの背中を叩いた。

「ほら、しっかりなさい。もし気になる点などがあるのなら今の段階で言わないと、調節が間に合わないのですよ」

「はっ、はい！　えぇと……デザインの点で気になる点は、ありません。十分すぎるくらいで……見とれてしまいました」

我に返ったステイシーが急ぎ感想を述べると、お針子たちは「ステイシー様にそう言っていただけて、光栄です」と微笑んだ。

その後サイズ合わせのため、一度ドレスを着てみることになった。

ブルクハウセン公爵が出て行った後、ステイシーはわくわくしながらドレスの前に立つ。すぐに着付け担当のメイドがやってきて、ステイシーの着ていたドレスを手早く脱がせてウェディングドレスを着せてくれた。

「……思ったよりも、胸元が開いていますね」

「こんなものですよ。あなたはほどよく肌が焼けているので健康的な印象がして、よいことだと思いますよ」

ステイシーの正面の椅子に座ってこちらを観察するドロテアが正直に言ったので、ステイシーは微笑んだ。

貴族の令嬢にとって、日焼けしているというのはとんでもないことだ。ステイシーが公爵令嬢になってから、メイドたちが肌の色を少しでも白くしようと努力してくれたが……さすがに二十年近く積み重ねられた日焼けの痕は、数ヶ月程度では戻りようがなかった。

だがドロテアは、「健康的な印象がして、よい」と言ってくれた。焼けてしまったものは、仕方がない。ならばいっそ、健康的で明るい印象の方に持って行ってしまえばいい、というドロテアらしい考えが、ステイシーにとっては嬉しかった。

ステイシーの視線に気づいたのか、ドロテアも微笑んだ。

「あなたには、あなたにしかない魅力があります。そんなあなたのことが陛下は大好きなのだから、自信を持ちなさい」

「……はい」

「……それに。あなたは思ったよりもメリハリのある体つきをしているから、十分なことではありませんか。わたくしがそのドレスを着れば、こう、ずるりと落ちてしまうので」

「……そ、そうですか」

ドロテアが自分のぺたんとした体形を気にしていることをステイシーは知っているので、深くは突っ込まないことにした。

ひとまずドレスのサイズ合わせなので、ドレスを着た後も髪や化粧などはせずに、その場でターンしたり歩いたり両腕を上げたり下ろしたり、という動作確認をした。

ドロテアに連れられて戻ってきたブルクハウセン公爵はステイシーを見るなり、「さすが我が家の天使！」と、一つ上の階にまで響くのではないかと思うほどの絶叫を上げて感涙をこぼした。

だがすぐに彼はきりっと表情を引き締め、「この薔薇の花は、もう少し右にずらした方がよさそうだ」とか「ロンググローブは、もう半トルほど長い方がいい」などと、ステイシーのドレス姿がよりいっそう映えるような細かな注文を加えた。それを聞かされたお針子たちは真剣な目で、公爵の発言をメモしていた。

「……ああ、そうでした。今別室で、陛下も衣装のサイズ合わせを行っております。せっかくですし、二人並んでみましょうね」

ドロテアが言ったので、そういえば……とステイシーはリュートの公務について思い出す。

（リュート様は今日のお昼までにやるべきことを終えて、私が来る時間に合わせて休憩をすると言われていたわ。だから同時に、衣装合わせができるようにしてくださったのね）

「うむ、確かに、ステイシー一人のときには気づかなかったことも、陛下のお隣に立って見ると見つかるかもしれない。是非とも、並んでみるとよい」

ブルクハウセン公爵もステイシーの方を向いて、言った。彼の発言は既にメモ帳一ページ分を埋めているようだが、お針子たちもそうですよそうですよ、と同意する。

「それに陛下もきっと、ステイシー様の衣装を確認されたいとお思いでしょう」

「わたくしどもの方でも確認することがございますので、その間にステイシー様は陛下のお部屋に行かれてはどうでしょうか」

「そうなのね。それじゃあ是非とも、お伺いしてみるわ」

極力落ち着いた声音で応じたが……ステイシーの胸は、自分用のドレスを見たときとはまた別の感情で震えていた。

（リュート様の、結婚式用衣装姿！　絶対、素敵に決まっているわ！）

彼の衣装もステイシーと同じ青と白の組み合わせ、ということしか、ステイシーは聞かされていない。お針子たちもゴーサインを出したことなので、是非ともリュートのところにお邪魔したい。

ドロテアも満足そうにうなずき、部屋のドアを開け――すぐにバンッと閉めてしまった。

「……どうしたのだ、ドロテア」

「どうやら部屋の前で、誰かが水をこぼしてしまったようです。……そういえばあちらの方に別の廊下につながるドアがありますので、そちらから出ましょうね、ステイシー」

「え？　……ええ、分かりました」

……水がこぼれた程度にしてはドロテアが焦ったようにドアを閉めていたのが気になるが、ドロテアは穏やかな微笑みを浮かべて――父親をちらっと見て何やらうなずいてから、ステイシーの背中を押した。

「さあ、行きましょう。あの筋肉バカがどんな顔をするのか……うふふ、見物だわ」

「え、ええ」

ステイシーはドロテアと一緒に、一つ上の階にあるリュート用の衣装部屋に向かった。ドアをノックすると、顔を覗かせたのはサミュエル。彼はちらっとステイシーの方を見ると心得たようにうなずき、ドアを大きく開けてくれた。

「陛下、お客様ですよ」

「うん？　今はいしょ――」

しゃべりながらこちらを向いたリュートが、固まった。彼の目線の先にあるのはもちろん、ウェディングドレスを着てもじもじするステイシー。

リュートはお披露目夜会の際も、青と白を基調とした軍服風の正装姿だった。あのときに着ていたものよりも、今の衣装の方がデザイン自体はシンプルだ。

ジャケットとスラックスは濃い青色で、ブラウスとクラヴァットは白。どちらも、ステイシーが纏うそれと全く同じ色合いだ。以前の夜会衣装には騎士らしさが漂っていたが、今回の衣装はまさに高貴な血を継ぐ王子様、といった印象だ。

「素敵……」

思わずステイシーが感想をこぼすと、後ろ手にドアを閉めたドロテアが小さく笑った。

「ほら、ステイシーの方がよほど正直ではないですか。……陛下も、ステイシーに何か言うことはございませんの？」

「……」

ドロテアにからかうように促されても、リュートは何も言わない。そして返事の代わりに彼は、右手に持っていたブラシを、ボキィッ！　とへし折ってしまった。

「あー、もう、陛下！　それ、すっごく高価な豚毛のやつなのに！」

「……すまない。ステイシーがあまりにも美しくて。……豚に、悪いことをした」

リュートは真っ二つに折ってしまった豚毛ブラシを使用人に渡し、それから大股でステイシーのもとまでやってきて、上から下までじっくりと眺めてきた。

「……どうですか？　この後で、微調整を入れる予定なのですが……」

そう言ってステイシーがくるっとその場でターンすると、リュートは「おぉ……」と唸るような悲鳴を上げて――す、と天を仰いだ。

「……天に坐す星女神よ。これほど愛らしい女性を地上に降臨させてくださったことに、感謝します」

急に星女神に祈りを捧げ始めた。天上の星女神も、「えぇ……」と困惑していることだろう。


リュートとステイシーの衣装合わせは、つつがなく終わった。

「サミュエル。俺は思うのだ」

「何ですか」

「あんなに美しい女性を俺だけの妻にするなんて、非常に罪深いことだ。俺はいつか、星女神様から罰せられるのではないだろうか、と」

「んー、星女神教会の教えによれば、還俗した神官を夫が生涯大切にすれば、罰は下らないのでは？」

「そうか。ならば問題ないな。俺は一生、ステイシーだけに愛を捧げるのだからな！」

「……というか陛下なら星女神様からの罰が飛んできても、片手で振り払っちゃいそうですけど――いや、それは今はいいや。それより、陛下。……例の御方についてのご報告です」

サミュエルがそう言うと、ステイシーのことを考えてほわほわ笑顔になっていたリュートはすっと真顔になった。

「……アーロン陛下のことか。今日は特に、動きがなかったそうだが……」

「この前は城下町の飲み屋街を一人でぶらついていたということですが、今日は一日城にいてくださったので安心しておりました。……しかしどうやらあの御方は先ほど、ステイシー様が衣装をお召しになった際に鉢合わせそうになったそうです」

「……何だと？」

ソファから身を起こしたリュートが鋭く問うと、サミュエルはちらっと窓の外を見て――ステイシーたちが乗る馬車の姿がもう見えないのを確認してから、声を潜めた。

「ステイシー様が陛下の衣装部屋にいらっしゃることになり、ドロテア様がドアを開けた際、廊下の奥にいらっしゃったそうです。あのままだとステイシー様とアーロン陛下が顔を合わせることになるため、ドロテア様は別のドアからステイシー様を逃がし、アーロン陛下のお相手はブルクハウセン公爵閣下がなさったそうです」

「……なるほど。それは、公爵とドロテアの機転に感謝せねばならんな。……ということはこのことを、ステイシーは知らないのか」

「はい。……ましてや本日のステイシー様は、結婚式用のドレスを纏ってらっしゃいました。そんなお姿をあの方にお見せするわけにはいきませんので」

「……。……もしドロテアたちが動いてくれなかったら、俺は嫉妬のあまり、暴走していたかもしれない」

リュートとしては、アーロンという男自身にそれほど悪い印象はなかった。彼がステイシーに求婚したと聞かされたときも、何を考えているのだ……と困惑こそしたが、アーロンに怒るつもりはなかった。

彼が押しかけてきてもてなしのために酒を酌み交わしたりもしたのだが、アーロンはよく笑いよく悲しむ、至って普通の――普通すぎる男だった。国王にしてはやや頼りない印象があるが、それはリュートが言えることではないし……年齢や立場の近い友人のような間柄として接するのであれば何ら問題ない、気のいい青年だと思った。

だがそんなアーロン相手でも、リュートにとって譲れないものはある。たいていのことに関しておおらかなリュートだが、自分よりも先にアーロンがステイシーの花嫁衣装を見たとなれば、犠牲になるのは豚毛ブラシだけに止《とど》まらなかったかもしれない。

ドロテアたちには重ねて礼を言わねば、とため息をついたリュートは、ソファから立ち上がった。

すぐにドロテアと公爵に宛てた手紙を書こうと、執務室に向かい――

「おや、ごきげんよう、リュート陛下」

今、一番会いたくない人と鉢合わせてしまった。背後でサミュエルが、「げっ」とつぶやいたのが聞こえる。

ヴァリアン人のお供を連れて廊下を歩いてきたのは、アーロン。祖国にいる頃は毛皮の付いた上着などを着て防寒対策をしていたが、温暖なクライフ王国に来てからの彼はかなり着崩しており、ボタンを一つ外したシャツの隙間から鎖骨が見えている。

ドロテアの機転がなければリュートにきゅっとシメられていたかもしれないとはつゆほども思っていない様子のアーロンは、艶やかな銀髪を掻き上げてにこやかに挨拶をした。彼を前にしたリュートは、心の中の声を押し殺した爽やかな笑顔で応じる。

「ええ、ごきげんよう。……本日は陛下は、どちらへ？　もしご関心がおありなら、我が国の歌劇団の公演などを見に行かれてはいかがでしょうか？」

……飲み屋歩きは警備などの都合上勘弁願いたいが、アーロンは芸術にも造詣があるようなので、そちら方面に誘導したい。もし劇場などに行くのなら、クライフ側の護衛や貴族たちをお供に付けることもできる。

そう思ってやんわりと提案したのだが、アーロンは朗らかに笑って手を振った。

「いえ、ご多忙な陛下の手を煩わせることはしませんよ。……そういえば先ほど、ブルクハウセン公爵閣下にお会いしました」

アーロンの方から切り出すのは少々意外だったが、リュートは鷹揚にうなずく。

「私の従叔父《いとこおじ》にあたる方ですね」

「そのようですね。大変厳格そうなお方ですが、いかにステイシー様のことを深く思われているか、身にしみて感じました。彼のような方が我が国にいてくだされば、私としても嬉しいのですが……」

「大変光栄なお言葉ですが、公爵は我が国にとって欠かせぬ存在ですので」

「ええ、もちろんです。ですが私としても、公爵閣下とはこれからも懇意に――」

「……アーロン陛下」

リュートの声色が変わったため、さしものアーロンも笑顔を引っ込めてリュートの方を窺うような眼差しで顔をのぞき込んできた。

リュートは自分よりかなり小柄な隣国の王を見下ろし、静かに口を開いた。

「……あなたは私の婚約者について、何か特別な感情を抱かれているのですか？」

「……というのは？」

「お恥ずかしながら……結婚を前にしているというのに、アーロン陛下に嫉妬をしてしまったようで。狭量な男だとステイシーには知られたくないので、ここだけの話ではありますが」

そう言って、リュートは微笑んだ。

リュートには、兄のような才能はない。社交も下手で、貴族たちとのやりとりも正直かなり苦手

で、サミュエルたちに任せきりになっている自覚がある。

だが今リュートはあえて、自分の方から勝負を仕掛けた。これは、自分が愛する女性に関する問題だ。誰かに任せきりにするのではなくて……たとえ拙くとも自分の力で、アーロンと勝負をしなければならないときだと思った。

そうしてリュートはあえて、自分の内側の柔らかい部分をさらけ出した。アーロンはおそらく、悪人ではない。それを見越した上で、自分の弱み――ここだけの話、というのは嘘だが――を見せることで、アーロンの油断を誘う。

アーロンは、静かにリュートを見上げていた。だがやがて、小さく笑みをこぼした。

その笑みがどこか安心したときのものに感じられて、リュートは一瞬疑問に思いつつも、アーロンの言葉に意識を向ける。

「勇猛なるクライフ王国の国王陛下にも、少年のようなお心がおありなのですね。好きな女性のこととなると、少々躍起になってしまう……それは仕方のないことでしょう。それに、陛下に嫉妬していただけるような身になれたのでしたら、私も嬉しく思います」

「さようですか」

「ですが、ご安心ください。私はステイシー嬢に対して、親愛以上の感情は持ち合わせておりません」

……断言した。

それまで背後にいたサミュエルがさっと移動した気配を感じつつ、リュートは微笑んだ。

「それは、失礼しました。……ですが考えてみれば、ステイシーの愛情は私のみにあるのですから、このような質問をすること自体無意味でしたね」

「はは、陛下はステイシー嬢からの愛情に大変なご自信がおありなのですね」

「もちろん。私はステイシーに選んでもらった立場なのですからね」

ちら、とリュートはアーロンの胸元を見て……そこがぺたんこなのを確認して、勝利の笑みを浮かべた。やはりアーロンでは、筋肉が足りない。

微笑んで会釈をして去っていくアーロンを見送り、先ほどの部屋に戻ったリュートはメモを取るサミュエルを見つめた。

「……アーロン陛下は、ステイシーへの求婚をなかったことにするということなのかな」

「そのようですね。さすがにアーロン陛下も、今の陛下の発言でステイシー様への求婚を匂わせていると気づかれたようですしね。となるとステイシー様の読み通り、本気の求婚ではなかったようですが……それをあっさり陛下の前で認めるというのも、変な話ですがね」

ペン先の反対側で鼻の横を掻きながら、サミュエルがつぶやく。

「ステイシー様への求婚が冗談だったのか――はたまた、本当はステイシー様のことを異性として意識しているけれども、陛下の前だから取り繕ったのか」

「……後者である可能性も十分にあるな」

「だとするとますます、危険を冒してまでステイシー様に求婚することの意義がないのですよ」

「……そうだな」

そこでふと、リュートは窓の外を見やった。

ここから遥か北に位置する、ヴァリアン王国。現在は留守の王に代わり、彼の縁者や重鎮たちが国を治めているということだが――

「……探りを入れた方がよさそうだな」

青色の目を鋭く細め、リュートはつぶやいた。

間話

公爵令嬢、調査に赴く

ステイシーとリュートがヴァリアン王国国王・アーロンを持て余しているということを、ドロテアも気に掛けていた。

しかも先日の、結婚式の衣装合わせのとき。ドレス姿のステイシーをリュートのもとに連れて行こうとしたドロテアは、廊下にアーロンがいることに気づいて急ぎドアを閉め、別のルートからステイシーを連れ出した。

あの後でリュートがアーロンとやりとりをしたそうだが――アーロンは、ステイシーに親愛以上の感情を持っていないという。さしものリュートも、「私の婚約者に求婚しませんでしたか」とは聞けなかったようだが、少なくともステイシーが聞いた「あなたに、心惹かれました」というのは冗談だった――もしくは、本気で愛しているがリュートの前だから嘘をついたのか。

サミュエルからの報告書をデスクに置いたドロテアは、一つ息をついた。そして卓上に置いていたベルを鳴らし、メイドを呼ぶ。

「ステイシーの部屋に、安眠効果のある香炉を焚《た》いておきなさい。それから、入浴時には先日購入したばかりの疲労回復・美肌効果のある石けんを使わせること」

「あちらの石けんは確か、ドロテアお嬢様用にご購入なさったのでは？」

「ステイシーには適当に言い訳をして、あの子用にしてしまいなさい。ステイシーはわたくしがそういうことに手を回していると知ると絶対に、遠慮してしまうからね。わたくしの指示だと分からないようにすること」

「かしこまりました」

至極面倒くさい指示ではあるが、メイドは従順にうなずいた。ドロテアがステイシーのためにあれこれ世話を焼いたり陰から見守ったりしていることを、メイドたちは知っている。

ステイシーの自立を助けたい、というドロテアの願いを知っているからこそ、多少面倒くさい命令だろうと彼女らは素直に受け入れ、指示通りの仕事をこなすのだった。

だがこれだけでは不満だ、とお茶を飲みながら、ドロテアは考える。

ステイシーの妃教育は、うまく進んでいる。……進まないとしたらそれはステイシーやリュートが悪いのではなくて、いきなり押しかけてきたあのぼんくら国王のせいだ。

ヴァリアン王国の、アーロン王。むさ苦しくなくどちらかというと優男風の外見はわりとドロテアのタイプだったが、その言動は残念としか言いようがない。

婚約済みであると知っておきながらステイシーに求婚したことから始まり、いきなりクライフ王国に押しかけてきて、ろくに供も付けずにあちこちうろついては小さな問題を起こしている。そのことに注意できるのは対等な立場であるリュートくらいだが、リュートの言葉に対してものらりくらりと言い訳をして逃れているそうだ。

……本当にあんなぼんくらが、熾烈《しれつ》な継承争いに勝ち残って王位をもぎ取ったのだろうか。それはドロテアはもちろん、リュートやステイシー、他の重鎮たちも疑問に思っていることだろう。

……リュートたちの結婚式まで、あと二ヶ月足らず。

はとこと妹の結婚を無事に終えるために、不安の種は抹消しておかなければならない。

＊　＊　＊

数日後、ドロテアの姿は城下町の一角にある飲み屋街にあった。

「先日、このあたりでアーロン王が飲み歩いているという情報が入りました。その調査をします」

「はあ」

「それから。ここから先のわたくしたちは、裕福な商家の新婚夫妻、という設定で行きます。サミュエル様もそのつもりでいてくださいね」

「はあ。……でもあなたがこんな口調だったら、すぐにバレると思いますよ？」

「ご安心を。わたくし、これでもお芝居は得意ですの。……さあ、行くわよ、サミュエル。私、今日は一杯飲みたい気分なのよ」

「……思ったよりも演技が上手ですね」

ドロテアの隣を歩くのは、リュートの親衛隊員であるサミュエル。いつもの騎士団の制服姿ではなくて、少しよれたブラウスとスラックス、それからフードの付いた上着という、下町の若い兄ちゃんのような格好をしている。

そんなサミュエルをグイグイ引っ張っているドロテアもまた、公爵令嬢にあるまじき質素なエプロンドレスにチェック模様のバンダナという格好だ。やたらどきつい化粧もいかにも「頑張って化粧をしている平民」という感じがしてきてなかなかのものだ、とサミュエルは思っていた。

……なぜサミュエルがドロテアに付き合っているのかというと、数日前にいきなりノルデン侯爵邸に押しかけてきたドロテアが、「わたくしの調査に付き合っていただきます！」と宣言し、この衣装一式を押しつけてきたからだった。

サミュエルには拒否権はないし――彼とてヴァリアン王国のアーロン王の動向に気になる点があったため、うだうだ言いつつも同行を承諾したのだった。

「……にしても。このことは公爵閣下もご存じなのですよね？」

「サミュエル、もっと砕けた口調で話しなさい。今夜のあなたは織物商業を営む商会の次男坊である、サミー。そして私はあなたと激しい恋愛の末に結婚した新妻の、ドーラよ」

「……。……血のつながりは一切ないはずなのに、こういう変にぶっ飛んでいるところは姉妹でよく似てますよねぇ」

「褒めてくれたのね、ありがとう。……ともかく、このことは父さんも知っているわ。陛下とステイシーでは動けないから、私が調査をするのはよいことだと」

「はぁ……なんかそれはそれで突っ込みたいんですが、もういいです。ひとまず私——俺は今夜、あなたが無事におうちに帰れるまで護衛をすればいいんですよね」

「サミー、設定」

「はいはい。……今夜俺たちの愛の巣に無事に帰るまで、付き合うよ」

「よろしい」

ふふん、と真っ平らな胸を張って満足そうにうなずいたドロテアは、さて、と飲み屋街に視線を走らせる。

「……私が聞いた話では、この先にある飲み屋でアーロン王が供も付けずに一人で酒を飲んでいたとのことよ」

「……ということは、アーロン王は自分の身分を明かしているんです……いるんだよな？」

「そういうことね。……いくらクライフ王国の治安がいいとはいえ、あまりにも軽率な行いよね」

「……下手すれば国際問題になるからな」

ただでさえ忙しいリュートたちの手を、これ以上煩わせるわけにはいかない。そのためにできる手は打ちたい……という点において、サミュエルもドロテアも気持ちは同じだ。

件《くだん》の飲み屋に入店すると、むわっとした熱気とすえたような臭いが鼻腔を突いた。お坊ちゃま育ちのサミュエルは思わず顔をしかめてしまったが、隣にいるドロテアは「変な臭いねぇ」とぼやきつつも、顔色を変えずにさっさとカウンターに向かっている。

……「お芝居は得意」というのは、本当だったようだ。サミュエルはドロテアのことを内心見直しつつ、彼女を一人で行かすまいと急ぎ追いかけていった。

「どうも、マスター。おいしいものを一杯もらえない？」

そう言いながら古びたカウンターに片肘を乗せるドロテアを公爵令嬢と見抜く者は、いないだろう。一体どこでこんな演技を学んだのだろうか。

老年のマスターはドロテアを見て怪訝《けげん》そうな顔をしたので、サミュエルが進み出た。

「こんばんは。……こっちにいるのは俺の妻だ。俺には麦酒《ビール》と……妻用に、甘いものを頼めるかな」

正直侯爵家令息のサミュエルだってこんな場所に来るのは初めてで勝手は分からないが、ドロテアにリードされるのはなんだかとても悔しかったので、精一杯の見栄を張らせてもらった。

マスターはうなずいて二人分の酒を出してくれたが――それを見ていたカウンター席の中年男性が、がはははと笑った。

「おいおい、こんなんで変装したつもりか？　あんちゃんたち、いいところの坊ちゃん嬢ちゃんだろう？」

「あらー、バレちゃったわね」

可愛らしいピンク色のカクテル入りのグラスを手にしたドロテアが笑いながら言ったので、サミュエルは内心ぎょっとしたが――

「実は私たち、ちょっといいところの商家から来ているの。使用人に内緒で出てきたから……内緒にしてもらえると嬉しいわ」

ドロテアがその中年男性にこっそりと言うと、彼は瞬きした後に大笑いした。

「はは、そういうことか！　そう言われたら、おっちゃんも協力するしかないなぁ！」

「ありがとう！」

「せっかくだし、つまみをおごってやるよ！」

「きゃっ、嬉しいわ！　ありがとう！」

無邪気にドロテアが喜ぶと、それを聞きつけた周りの客たちが、「なんだ、お忍びか！」「いいねえ、アツいねぇ！」「俺からもおごりだ！」と盛り上がった。

……ということで、二人が壁際の席に移動したときにはそのテーブルの上には、酒以外にもつまみの揚げ芋や焼き鳥などの皿も載っていた。

「……。……俺、本当にドロ——ドーラのことを見直した」

「ありがとう。ほら、食べなさい。……教会から買った解毒効果のあるお守りがあるから、食べても大丈夫よ」

「本当によくできた奥さんだよ……」

ぽり、と安っぽい油で揚げた芋をかじりながら、サミュエルはしみじみとつぶやいた。

いいところの出身ではないか、と尋ねられたときに否定するのではなく、あえて肯定する。その上で商家出身という設定を持ち出すことで、公爵令嬢と侯爵令息という本当の身分を隠すための嘘の信憑性が増す。そうして店の客たちの信頼を得て、味方に付けてしまう——これこそ、名門公爵令嬢の手腕なのだろう。

「てか嬢ちゃんたち、なんでこんなところに来たんだ？」

「ちょっと前に、ここにとっても偉い人が来たって噂を聞いてね。もしかしたら運良く会えるかも、って思ったからよ」

近くの席の飲んだくれが椅子に後ろ向きに座って尋ねてきたため、ドロテアがそのものずばり答えた。サミュエルとしては内心びくついていたが、飲んだくれは承知したように笑った。

「そういうことか！　……実はな、俺もその日……ヴァリアンの王様が来た日、ここにいたんだよ！」

「そうなのか!?」

思わずサミュエルが声を上げると、飲んだくれは気をよくしたようで赤ら顔で笑った。

「おうとも！　そのときの話をしてもいいんだが……ただではなぁ」

「あら、情報料がいるの？」

「そこの嬢ちゃんが手ずから、芋を食わせてくれたら話してやるよ」

「却下だ」

言うなりサミュエルが芋を飲んだくれの口に突っ込むと、彼はきょとんとした後に笑い出した。

「がはは！　どうやら旦那は嫉妬深いようだなぁ！　おもしろいもんを見られたから、特別に教えてやるよ！」

「ただじゃないか……」

飲んだくれとはわけが分からないものだ、とサミュエルはげんなりとしたのだった。

飲み屋を出たときには、既にあたりは真っ暗になっていた。

「たくさん飲んだし、食べたわ」

「……ドーラは俺の二倍くらい食べていたけれど、大丈夫なのか？」

「ええ。私これでも、よく食べてよく寝ることでこの美貌を維持しているから」

「そうっすか。……にしても、すごくいい感じに話が聞けたな」

サミュエルが言うと、ドロテアも真剣な顔になった。

大通りに出たところで、建物の陰で待機していた馬車に乗り込む。この馬車は一見すると地味な辻馬車だが、れっきとしたブルクハウセン公爵家御用達だ。

そこには筆記用具もあったので、ランプの明かりの下でサミュエルが先ほど聞いた情報を素早く書き留めていく。

……先ほどの飲んだくれ曰《いわ》く、アーロン王は質素な身なりで現れたがお忍びであることは一目瞭然で、先ほどのドロテアたちのように素性を怪しまれた際には一切悪びれることなく、「実は私はヴァリアン王国のアーロンだ」とぶっちゃけたという。

……ただあまりにもとんでもないことをあっさりぶっちゃけるので、客の大半は「王様を自称する変なやつ」という認識でいたそうだ。アーロンが酒場に現れたという情報が流れたのも、まさか彼が本物だとは思っていなかったからだろう。

「……どうやらアーロン王が国民思いなのは、確かみたいですね。クライフ王国の文化を学んで自国に還元したいという気持ち、自国をいっそう栄えさせたいという願い自体は偽りではないと見てよいかと」

いつもの口調に戻ったサミュエルがつぶやくと、向かいの席のドロテアも「そうね」と硬い表情でうなずいた。

「飲み屋の客たちとも積極的に会話をして、彼らの話も真剣に聞いてくれた。……皆がアーロン王のことを『優しい兄ちゃん』と言っていたけれど、人心掌握の才能はあるみたいですね」

「そうですね。……ですが先ほどの話を聞いていて私、気になったところがあるのですが」

「何かしら？」

ドロテアに先を促されたので、いったんペンを置いたサミュエルは口を開く。

「アーロン王は、陛下とステイシー様のご結婚式にはいたく関心があるご様子だったとのことです。……ですが、先のことに対する関心があまりないように思われたのです」

たとえば、来年行われるリュートの即位記念式典。飲んだくれが「そのときにも来てくれるのか？」と冗談めかして聞いたそうだが、それまでは流暢なやりとりをしていたアーロンが初めて言葉に詰まっていたという。

約二ヶ月後の結婚式には関心があるのに、半年後の行事となると反応が鈍くなる。……鈍いだけでなく、なんとなく――半年後のことを全く考えていないのでは、と思われた。

サミュエルの説明に、ドロテアの目が輝いた。

「……奇遇ですね。わたくしも、そんな予感はしていました。まるで――」

――半年後、自分は存在していない、と言わんばかりで。

二人は視線を交わし、うなずいた。

「……謎が解けるかもしれませんね」

「ええ。では明日、すぐさま陛下にご報告を」

「お任せください。ドロテア様は今日はお疲れでしょうし、ゆっくり休んでください」

「ありがとう。……でも、その」

そこでドロテアは少し目線をそらし、銀髪をいじろうとした――が、いつもと髪型が違うので手が空《くう》を掻いていた。

「……今日はあなたに無理を言って連れ回して、ごめんなさい」

「……ああ、お気になさらず。こういう潜入調査自体は、初めてではないので」

「……そう。こうやって夫婦を演じることにも慣れているのかしら」

「や！、さすがにそれはないですね。騎士団は男所帯ですから、誰かと組むとしても男です。だから兄弟とか親子とかに扮したことはありますが、夫婦はないです」

「……そう」

なおもドロテアが少し気まずそうにしているので……さては、とサミュエルは身を乗り出した。

「あの、勘違いでしたら申し訳ないのですが……お尋ねしたいことがあります」

「えっ!? な、何かしら？」

「もしかしてドロテア様は——」

「っ……」

「……こうやって下町の暮らしを体験することに、憧れてらっしゃったのですか？」

推測を尋ねてみると、ドロテアは最初ぽかんとしていた。長いまつげをゆっくり上下させて瞬きした後に、彼女はふーっと息を吐き出した。

「……何よ、緊張して損したではありませんか。まあ、憧れがないわけではないですが……貴重な体験ができたとは思っております」

「酒もつまみも、なかなかの味でしたが……」

「そうですね。でも……関心はありました。たまにステイシーが子どもの頃の話をしてくれましてね。同じ国の中でありながらわたくしの知らない世界があることが不思議で、おもしろそうで……ええ、憧れていました」

ゆっくりと窓の外を見やったドロテアが寂しそうにつぶやいたので、サミュエルは小さく微笑んだ。

「それでは、もしこれから先も息抜きに出かけたくなったら、私がお供しましょうか」

「……え？」

「こうして変装してどこかに行きたくなったなら、私を呼んでください。なんといっても、公爵令嬢のお出かけですからね。侯爵家の者として、騎士として、護衛をするのは間違いではないですから」

「……あなたって、面倒ごとを嫌う人じゃないの？」

「嫌いではありますが、陛下のお守りをすることに慣れたからでしょうか。こうやって誰かの笑顔を見るためにあくせく働くのも悪くないかな、と思えるようになりました」

「……わたくしの笑顔？」

「ええ。いつもの気品漂う感じの微笑みも素敵ですが、口周りを油でベトベトにして揚げ芋を召し上がる姿も、愛らしかったですよ」

サミュエルとしては何気なく、本音を告げたつもりだったのだが。

こちらを見たドロテアの頬が、じわじわと赤くなっていく。色白できめ細やかな肌なので、紅潮する様がはっきりと分かってしまった。

……この段階になってサミュエルは、あれ、と自分の失言に気づいた。

「……申し訳ありません。先ほどの発言はどうか、お忘れください」

「……そうね」

ドロテアはまた顔を背け、「最後まで記録してね」とぶすっとして言ったのだった。


馬車は先にノルデン侯爵邸に寄り、サミュエルを降ろした。

「ではドロテア様、おやすみなさいませ」

「ええ、おやすみ。よい夢を」

別れの挨拶をして、馬車が動き出す。

一人馬車に揺られるドロテアは、しばらく経ってから窓をのぞき込み――まだ侯爵邸の門の前にサミュエルが立っていることに気づき、ぱっと顔を背けてカーテンを閉めてしまった。

「……忘れられるわけないでしょう、バカ」

ぽつりとつぶやく美貌の公爵令嬢は顔をしかめていたが、まだその頬はほんのりと赤かった。

❁5章❁　聖女、殴り込む

「……そうですか。アーロン陛下は、私に特別な感情はないとおっしゃったのですね」

「ああ。さすがに、ステイシーに求婚したかどうかまでは聞けなかったが……あのご様子だと、本気で求婚したわけではないのだろうと思われた」

うーむ、とステイシーは難しい顔で、リュートの話を聞く。

結婚式まで、あと一ヶ月と少し。貴族や星女神教会の神官たちも慌ただしく準備をしている時期ではあるが、ステイシーたちは全く別のことで頭を悩まされており、時間を奪われていた。

「一番困るのは、アーロン陛下の奇行のせいで結婚式が挙行できなくなること。もしくは挙行できたとしても、かえって悪い方向に物事が行くことだな」

「結婚式には、他国からもたくさんの来賓を招きますからね。もしアーロン陛下がやらかしたら、他国の皆様からの顰蹙《ひんしゅく》を買うかもしれませんよね……」

ステイシーがため息をつくと、リュートの傍らにいたサミュエルが冷めた眼差しを離宮——アーロンが過ごしている場所の方に向けた。

「……もうこうなったら、無理矢理だろうと何だろうと強制送還させたくなりますね」

「その気持ちは山々だが、相手は国王、国賓だ。それにあちらには、『結婚式参列のため、早めに国を出た』という建前がある。彼を招いているのは俺たちの方だから、よほどのことがない限り追い返すことはできない」

「そこは毅然《きぜん》となさった方がよろしいのでは？　他国との力関係を考慮しても、ヴァリアン王国一つよりも諸国の王侯貴族を丁重にもてなすべきだというのは明らかです。それに……先日私たちが調べたところ、どうにもアーロン王には自棄《やけ》に走っている様子が見られまして」

「ああ、それ、ドロテア様からも聞いたわ。一緒に飲み屋街に調査に行ってくれたのよね。ありがとう、サミュエル」

「……どういたしまして。私としても、なかなか斬新で楽しい経験になりましたよ」

サミュエルは苦笑してから、リュートを見た。

「いきなりステイシー様に求婚することも、予定を大幅に繰り上げてクライフに来たことも、国王にあるまじき行動を繰り返していることも……アーロン王が考えなしで行ったということも考えられますが、これら全てが彼の計画のうちなのではないかとも思われます」

「アーロン王はわざと、軽率な人間の振りをしている、ということか」

「はい。主張がころころと変わるのも、未来のことを考えていなそうなのも……理由があるのかと」

「……兄上やブルクハウセン公爵たちを呼ぼうか。彼らの意見も仰ぎたいところだ」

「ええ、そうしましょう。……そういえば、ステイシー様。今日、こちらまでドロテア様と一緒にいらっしゃったということでしたよね？」

サミュエルに尋ねられたので、ステイシーはうなずく。

「ええ。……でも、今日はこの部屋には来たくない気分だと言い出しまして……」

「……な、なぜだろうか。今日の俺はそんなに、汗臭かったか……？」

「多分、陛下の体臭は関係ありません」

くんくんと自分のジャケットの袖部分を嗅ぐリュートを見ながら、そういえば、とステイシーは今朝のドロテアの様子を思い出す。

ドロテアは特別な用事がない限り、ステイシーが王城に行く際には付き添いとして一緒に馬車に乗り、このリュートの部屋にもお邪魔してお茶を飲んだり話をしたりして、一緒に帰っている。

だが今日の彼女は、「馬車で待っております」とどこかぎこちない様子で言っていた。体調が悪いのならば屋敷に帰ればよいと言ったのだが、そうではないとのことだった。だから、リュートの臭い云々は全く関係ない。

「いつもはここまで来てくれるのですが、今日は馬車で待っていると言っておりました」

「そうですか……それではドロテア様に伺ってきますね」

そう言ってサミュエルが、部屋を出て行った。

（……毅然とした方がいい……ね）

ステイシーは、先ほどのサミュエルの発言を頭の中で繰り返す。彼が言っていた、「毅然とする」というのはつまり、アーロンに対する不敬を覚悟の上で彼をヴァリアンに強制送還させることだろう。

今はちまちまとした奇行を繰り返す彼も、いつか大事《おおごと》を引き起こすかもしれない。そうなる前に何かしら理由を付けて、北の大地にお帰りいただく。……そうした方が、後腐れがないのは事実だ。

ちら、とステイシーは隣に座るリュートを見た。

（でもリュート様はきっと、極力アーロン陛下との間にわだかまりを作りたくないとお思いのはず。お二人が在位中に国交回復をするのが、リュート様の願いでもあるのだから……）

「……毅然とする、か。難しいところだな」

リュートがつぶやいた。どうやら彼も、ステイシーと同じことを考えていたようだ。

「そうした方が手っ取り早いというのは、俺も分かっている」

「リュート様としてはなるべく、アーロン陛下とは良好な関係でいたいとお思いですよね」

「俺の感覚では、アーロン陛下から明確な悪意や敵意は感じられない。やや気弱な感じはするが気さくで人当たりのよい青年で……だが、譲れないところでは全力で踏ん張るという感じに見られた。手荒なまねはしたくないし……今の段階では、アーロン陛下をヴァリアンに送り帰せるだけの材料がない。ステイシーへの求婚も内密に行われたものだから、しらばっくれられたら逆にステイシーの方が虚言扱いされかねない」

「う……それもそうですね」

そんなことを話していたら、サミュエルが帰ってきた。彼はドロテアを伴っているが……困り顔のサミュエルに対して、ドロテアはつんっとそっぽを向いていた。

(あ、あら？　機嫌が悪そう……？)

「来てくれてすまないな、ドロテア。……だが、体調が優れないのならば無理は言わない」

「いいえ、陛下とステイシーがお呼びなのですから、喜んで馳せ参じますとも」

ドロテアはしれっと言い、リュートに視線を向けた。

「……彼から話は聞きましたが、アーロン陛下の扱いについてお父様に意見を仰ごうということでしたか？」

「ああ。公爵は本日、在宅だったはずだと思ってな」

「はい。ですが陛下のご用命とあらば、すぐさま登城するでしょう。わたくし、父を呼んで参りますね」

「あ、ああ、助かる。だが、茶くらい飲んでいけば……」

「ありがとうございます、陛下。ですが、善は急げ、ですからね。それにもたもたしているとお父様がいつ、持病の腰痛を起こして立ち上がれなくなるか分かりませんので」

「……そうか。分かった、では頼む」

「……では私が、外までご一緒──」

「その必要はございません」

ドロテアはサミュエルの申し出をぱしっとはねつけると、「あなた、外まで一緒に来てちょうだい」とそのあたりにいた騎士をお付きに命じ、さっさと行ってしまった。

(……もしかしてドロテアがここに来たがらなかったのは……サミュエルに会いたくなかったから？)

なんとなく、ステイシーはそんな予感がした。

それも、ドロテアがサミュエルを毛嫌いしているとかではなくて……顔を合わせるのが気まずくてつい塩対応しているのでは、と女の直感のようなものが訴えていた。

「……一体どうしたのだろうか、ドロテアは」

「分かりません。先日、城下町の調査に同行した際はとても楽しそうにしてらっしゃったのですが……」

「分かった。おまえ、そのときにドロテアに何か失礼なことでも言ったのではないか？」

「やめてくださいよ……陛下じゃあるまいし……」

「おい、それはどういうことだ」

ステイシーの傍らでは男たちが何やら言い合っているが……案外今回はリュートの方が正しいのではないか、とステイシーはこっそりと思っていた。

ドロテアに連れられて登城したブルクハウセン公爵やその他の老年の大臣たちなどを交えて、アーロンへの対処法を考えた日の、夕方。

（……疲れたわ）

ステイシーは一人、王城の庭園にたたずんでいた。

あの後、リュートや公爵はまだ話を詰めるところがあるので執務室に残っており、サミュエルはその護衛、ドロテアは別の用事があるとかで城内にいる。せっかくだからドロテアや公爵と一緒に屋敷に帰ることにしたので、ステイシーは一人で庭園散策をして待っていた。

ステイシーは、顔を上げた。冬の空は空気が澄んでおり、夕暮れ時の絶妙なグラデーションの掛かった空が美しい。

真冬でも豪雪になることがほとんどないクライフ王国と違い、ヴァリアン王国は一年の大部分を雪と共に過ごすことになる。当然冬季の餓死者や病死者は毎年多く……しかもアーロンの治世になってからいよいよ地方の生活が厳しくなっているそうだ。

ブルクハウセン公爵が持ってきた情報によると、先代国王の時代から統治はよいものとは言えなかったが、アーロンの時代になってからよくなるどころかむしろ悪化の一途をたどっており、民衆からも不満の声が上がっているという。

だがリュートも公爵もステイシーも、そのヴァリアン王国の「現状」に疑問点を抱いている。おそらくヴァリアン王国の統治がうまくいっていないのはアーロンのせいというより、むしろ――

「……おや、そちらにいらっしゃるのはステイシー様ですか」

ふわり、と冬の風がステイシーの髪をくしけずる。

最近はあまり聞かずに済んでいる、だが聞き覚えのある声。結った髪の房をなびかせてステイシーが振り返った先にいたのは、夕日を背に立つ華奢な青年。クライフ王国ではやや珍しい銀色の髪が夕日に縁取られ、金色に輝いていた。

「アーロン陛下……ごきげんよう」

「ええ、ごきげんよう。……ステイシー様には、この寒さも身に堪えましょう。供も付けずになぜ、こちらにお一人で？」

それはこちらの台詞《せりふ》でもある。いつも無表情で彼の近くにいる護衛たちは、どこにいるのだろうか。

ステイシーはアーロンに向き直り、柔く微笑んだ。

「養父と姉を待っております。陛下こそ本城の方にお越しになって、いかがなさったのですか？」

「……あなたを探しておりました。あの日の返事を聞きたくて」

どこか切なさを込めたアーロンの言葉に、ステイシーの眉がぴくっと動く。「あの日の返事」と言われて何のことか分からないほど、ステイシーは鈍感ではない。

（……リュート様の前では、しらばっくれたようだけど……）

「……意外ですね。わたくしはリュート陛下から、あなたはわたくしにこれといった感情を抱いてらっしゃらないようだと伺っているのですが」

「……一時は、この想いを胸の内に留めなければならぬと思いました。あなたは、リュート陛下の婚約者。この恋情を陛下に知られるわけにはいかなくてとっさに嘘をつきましたが……私は自分の思いを偽ることはできません」

そう言ってアーロンは、静かにその場に跪《ひざまず》いた。かつてリュートが求婚してきたときとは少しだけ姿勢が違うそれはきっと、ヴァリアン王国風の所作なのだろう。

「ステイシー様。私はあなたを、心からお慕いしております」

「なりません。……アーロン陛下、どうかお考え直しを」

ステイシーがはっきりと断るが、アーロンは真剣な眼差しのまままずいっと詰め寄り、ステイシーの両手をさっと掴んだ。

「どうか逃げないでください、愛おしい人」

「わたくしの愛は、リュート様だけに捧げております」

「構いません。何が私たちの間を隔てようと、あなたの心がどこにあろうと……必ずや、あなたを私のものにしてみせます」

熱を込めて言ったアーロンは、ぐいっと腕を引っ張った。小さく悲鳴を上げて自分の方に倒れ込んできたステイシーを抱き寄せ、その青白い頬にアーロンの唇が――

「……申し訳ありません、陛下。ご無体をお許しください」

――触れそうになった瞬間、そうささやいたステイシーはアーロンの手の中から右腕を引っこ抜いた。すぐさま発動させたのは、神官たちの使う魔法の一種である空間魔法。

ぎゅっと圧縮された空気がアーロンに襲いかかり、中腰でステイシーを抱きしめる姿勢のまま凍り付かせる。アーロンはぎょっと目を丸くしたが、頭部以外はぴくりとも動かない。

「……これは、神官の魔法……？　ステイシー様、何を――」

「……ここまででよいだろう。満足なさっただろうか、アーロン陛下？」

のしっとした足音がアーロンの背後から聞こえるが、体を動かせない彼は首をひねることしかできない。彼の首の可動域では背後に立つ者の姿は見られないようだが、声で相手が誰かは分かったようだ。

「リュート陛下……」

「今のやりとり、確かに見させてもらいました。……あなたはステイシーが私の婚約者でありながら求婚して、抱き寄せた」

「……ええ。ですが、私はただ積もり積もった想いを吐露しただけ。それだけのことでこのような辱《はずかし》めを受けるとは存外ですね……」

ステイシーの魔法で拘束されたアーロンは、薄ら笑いを浮かべた。いくらアーロンの発言が原因だとしても、「たかがそれくらい」で彼を拘束するのは暴行に値する。ともすれば……次期王妃が国王を暴行したとして、ヴァリアン王国がクライフ王国に損害賠償を求めるかもしれない。

だが、アーロンの隣に立ったリュートは目を細めた。

「……星女神教会の教義によれば、女神の娘である神官はたった一つの愛を貫くことを重んじられている。女神は、神官をたぶらかす男を決して許さない。……よって結婚が決まった神官ならびに聖女にみだりに触れるのは、星女神教会の教えに反することになります」

「……何ですって？」

「あなたはステイシーが婚約済みであると知っていて愛を告げ、無理矢理抱き寄せた。それはこれから結婚を控える神官に対する侮辱的行為なのです。ましてやここは、星女神教会を主宗教とするクライフ王国。ステイシーは己の身の純潔を守るために、魔法を行使した。……たとえ相手が隣国の国王であろうと、ステイシーの行いは正当化できるのです」

「……」

「……ということを、アーロン陛下はご存じなのではないか？」

「……え？」

顔を上げたアーロンに、リュートは静かに告げる。

「……星女神教会の神官から、連絡がありました。ヴァリアン王国のアーロン王を名乗る人物が、神官や聖女のことについて熱心に調べられている様子だ、と」

「……そのようなことはございません」

「いいえ、その報告はわたくしも聞いております」

焦ったように否定するアーロンに、ステイシーは静かに言う。

「あなたは、神官や聖女の結婚についての資料を読まれたのでしょう？　だから、クライフ王国内で私に求婚すれば、ご自分が星女神教会からの罰を受けると分かっていたはずです。……クライフ王国への侮辱的行為になると分かっていて……今、改めて私に求婚したのではないですか？」

薄く微笑むステイシーと難しい顔をするリュートを、アーロンは交互に見る。そうして……面を伏せると、小さく笑った。

「……。……そう、ですか。私ごときの浅はかな企《たくら》みは……あなた方にはお見通しだったのですね」

「お話し中、失礼します。アーロン陛下が連れていらっしゃった……いえ、あなたを監視していたヴァリアン王国の護衛は、彼らを偶然見かけたアロイシウス様がせっかくだからと、離宮にお招きしてもてなしてらっしゃいます。……今なら、ゆっくりお話ができると思いますよ」

そう言うのは、リュートの後から歩いてきたサミュエル。

彼の言葉を聞き、アーロンは苦笑いした。

「……用意周到ですね。まさか、先代国王陛下まで絡んでらっしゃったとは」

「……私はなるべく、あなたとは良好な関係でありたいと思っております。どうか、お話をお聞かせ願えませんか」

リュートが丁重に言い、ステイシーもゆっくりと頭を垂れた。

一国の王を魔法で縛り上げ、その周りをクライフ王国の者たちが固めているという、無関係者が見たら目を剝《む》くような光景。だがそこに流れる空気は穏やかで、彼らの態度は誠意に満ちている。

アーロンはまぶたを閉ざし、ゆっくりうなずいた。

「……かしこまりました。全て、お話ししますが……一つだけ、よろしいでしょうか」

「内容にもよりますが、どうぞ」

「……私、あまり体を鍛えておらず、その……そろそろ魔法を解いていただかなければ、膝が、死にそうで……」

「……魔法の解除を頼む、ステイシー」

「……かしこまりました」

＊　＊　＊

クライフ王国で国王の結婚式に向けた準備が進められている、その頃。

主《あるじ》不在の、ヴァリアン王城にて。

「……税収報告の、水増しは？」

「できました。こちらに」

「架空計画による予算投入も、うまくいきそうです」

「ああ、よくやった」

本来ならば空室になっているべき国王の執務室には夜中だというのに明かりが灯っており、そこで中年の男性たちが何やらごそごそとしていた。

皆、立派なキツネの毛皮のコートを着ており、指にはじゃらじゃらと指輪を着けている。ヴァリアン王国の辺境で暮らす貧困にあえぐ民が見れば血の涙を流しそうなほど、彼らが身に纏うものと――あと彼ら自身が蓄えた贅肉の量は、見事なものだった。

「しかし、アーロンが出て行ってくれて助かった」

「そうですね。予定ではクライフ王の結婚式まで、あと一ヶ月半。その後も一ヶ月ほどはあちらに滞在するでしょうから、十分な時間があるかと」

「しかし、いくらあのぼんくらな若造でもさすがに、これほどの量の書類が偽装されていれば気づくものでは――」

「ふん。それくらい、何とでも言いようがあるわい。『陛下の不在中に、我々が計画をまとめました。サインをお願いします』とそれらしい顔で言えば、何一つ疑うことなくサインをするだろうとも」

そう言って嫌らしい笑みを浮かべる中年男性は――どことなく、国王・アーロンの面影がある。

といっても似ているのは顔のわずかなパーツと髪の色くらいで、少々肉の鎧の重ね着をしすぎだった。なおこの鎧は、真夏だろうと着脱不可能だ。

窓をたたきつける雪の勢いが、少しだけ弱まった。部屋を照らす燭台《しょくだい》の明かりもだんだんか細くなっている。

「……本日のところはそろそろ、上がりましょうか」

「そうだな。明日は地方の増税に関する公文書の作成を――」

そこまで言ったところで――部屋にいた男の一人が、顔を上げた。

「……閣下。何か、聞こえませんか？」

「何かとは、何だ」

「何かを叩くような音がするような……」

「どうせ、雪が窓にぶつかる音だろう。気にするほどでもないわい――」

……コン、コンコン
閣下、と呼ばれた男は、動きを止めた。今聞こえてきた音はどう考えても、雪が窓を打つ音ではない。

「……廊下の外や隣室を見てこい」

「はっ」

部下がすぐに廊下に出たり別室の確認をしたりしたが、「特に何もありません」と報告をしたため、男は眉間にむっちりと皺を寄せた。

「……誰かが潜んでいるのか？」

「上階かもしれません。アーロンに忠誠を誓う愚か者どもが、聞き耳を立てているのかも――」

「殺せ」

太った男が冷酷に命じ、周りにいた者たちがお辞儀をする。だが――

……コン、コンコンコンコンコンコンコン！

「閣下、窓の外です！」

「窓……？　このような猛吹雪の夜に、何が――」

いぶかしげに窓の方を見た男は――ほんのり赤かった頬を一気に青ざめさせた。

つい先ほどまでは、暗い夜の闇の中に雪が飛び交っていた、窓の外。そこに――人影があった。

長い髪をでろんと垂らしている、女性。かなりもこもこに着込んでおり顔もよく見えないが、その上着のデザインから女性と分かった。

だが男が真っ青になったのは、窓の外に立っている不審者が女だったからではない。その女の長い髪が夜の闇に溶けるような黒色で、吹雪に煽られる前髪の隙間から見える目が、血のように赤かったからだ。

「ま、魔女だ！」

「ほ、本当に、闇の女神が来たのか……!?」

「……えっ。ドアが、開かない……？」

大の大人たちばかりだが、ここは迷信などを信じる者の多いヴァリアン王国。幼児の頃から「闇の女神」の恐ろしさを聞かされて育ってきた彼らにとって、雪の中にたたずむ黒髪赤目の女はまさに、恐怖の対象。ドラゴンやら魔物なんかよりよっぽど恐ろしい、ヴァリアン王国を滅ぼす魔女だった。

だが逃げようとしても、先ほどはあっさり開いたはずの部屋のドアが開かない。ノブは回るのにドアが開かないということは……ドアの外側に「何か」がいるということ。

「な、何だ、これは!?」

「魔女の呪いですか……!?」

逃げ場を失った男たちが部屋の中央に集まってびくびくしている間に、窓の外にいた魔女がノックをやめて——

「……寒いから、早く開けてってばー！」

絶叫と共に、ガラスが粉々に砕け散った。ビョオウッ！　とすさまじい冷気が吹き付けてきて、先ほどせっせと作っていた偽の報告書が吹っ飛んでいく。

雪のつぶてやら書類やらが部屋の中を舞い踊る中、魔女が窓枠を乗り越えて部屋に入ってきた。じゃり、じゃり、とブーツの底が砕けたガラスを踏みしめ、女は乱れた髪を掻き上げる。

「……何？　お、おまえは……！」

「……さむっ」

魔女の顔に見覚えがあり声を上げた男を一瞥して、彼女はちらっと暖炉の方を見やったが、そこには火が付いていない。

「……ちょっと、こんなに寒いのに火が付いていないの？　凍えそうなんだけど……」

魔女は文句を言うが、火が付いていないのではなくて彼女が部屋に突入してきたせいで火が消えてしまったのだが、それを言う勇気のある者はいなかった。

「私の魔法じゃぁ、火を付けられないし……仕方ないかな」

魔女は残念そうに暖炉の方を一瞥してから、ゆっくりと男たちの方を見た。そして……寒さのために青白くなっている唇をにっとゆがめ、手袋を着けた右手を挙げた。

「……どうも、魔女です。この国を滅ぼしに来ました」

ステイシーは、部屋の中央でぶるぶる震える太った男たちをじっと見つめた。

（……ふん。ずいぶん暖かそうな脂肪を蓄えているじゃない。……あれ？　脂肪は冷えやすいんだっけ？　……まあいいや）

「……国を？　ど、どういうことだ、クライフ王国の王妃！」

中でもひときわよく肥えた男が青い顔で怒鳴ってきたため、ステイシーは気取った仕草でお辞儀をする。

「そう言っていただけて光栄ですが、まだ王妃ではなくて婚約者です。……改めまして。魔女こと、クライフ王国次期王妃のステイシー・ブルクハウセンでございます。どうぞお見知りおきくださいませ」

「……ふざけるのも大概にしろ。今おまえは、我が国を蹂躙《じゅうりん》すると宣言したようなもの。これはクライフ王国がヴァリアンに対して宣戦布告をした、と取ってもよいのだぞ？」

それまでは明らかにびびっている様子だった男が、口元をゆがめて笑った。

「せっかくの二国の国交回復を、他ならぬクライフの次期王妃が阻害した……は、ははは！　さすがは、傾国の魔女！　ヴァリアンではなくて、クライフを滅ぼす魔女だったようだな！」

「……取り込み中悪いが、我が国には黒髪赤目の女性を魔女扱いする風習はないのだが」

カチャ、とドアが開いた。先ほどまではびくともしなかったそれがあっさりと開いた、その先には――赤い髪をなびかせた立派な体軀の青年がいた。

男たちはその青年を見て、あんぐりと口を開ける。窓辺にいる女の登場だけでも驚きだったのに、なぜ、彼がここに――

「……ク、クライフの、リュート王……？」

「貴殿はアーロン王の母方の伯父である、ビョルン・ゲッダ卿だったか。即位記念式典以来だな。

……アーロン王の即位後、摂政として政治の補佐を行っているということだが——その実、アーロン王を傀儡《かいらい》にして私利私欲に走る背徳者だったようだな」

リュートの言葉に、男——ビョルン・ゲッダは驚愕に目を見開いた。

クライフ王城の庭園にてステイシーとリュートに詰め寄られたアーロンは、白状した。

『……私は、国を救いたいのです。どうか、リュート陛下ならびにステイシー様のお力をお貸しくださいませんか』

『国を救う、とは？』

リュートが静かに問うと、アーロンは唇を噛みしめた。

『……。……私は偽りの王、傀儡です』

『……そもそもあの継承抗争であなたが勝利した時点で、あなたは傀儡となることが決まっていたのではないですか？』

その可能性も考えていたリュートが難しい顔で言うと、アーロンは力なくうなずいた。

『……私は、王位なんて望みませんでした。ただ、国のために王族としてできることがしたい、とだけ願っておりました。……しかし私の母方の親族たちが、それを許しませんでした』

アーロンは、ゲッダ家出身の令嬢を母に持つ。母は妾妃だったので母子は華やかな場に出ることはほとんどなかったが、先代国王の愛情はアーロンたちのもとにあった。

母はたおやかで控えめな人で、栄光なんて望まないからただアーロンと一緒に穏やかに過ごしたいと思っていた。そんな母が儚くなってからのアーロンは、どうせ自分には王の素質なんてないのだから、何か自分にできる形で国のために貢献したい、くらいにしか思っていなかった。

だが、伯父であるビョルン・ゲッダらは、アーロンに対して厳しかった。そもそも彼は妹を国王のお気に入りにして王子を産ませ、その王子を国王にすることで政界を牛耳ろうとしていた。そんな彼らが、アーロンを手放すわけがない。

妹が遺《のこ》した王子を、国王にする。そのために彼は国王の没後、第一王子を立てる者たちと争い――勝利して、甥を王位に就かせることに成功した。

彼は「アーロン王はまだ年若く、政治に不慣れであるから」という理由で自らが摂政となり、身勝手な政治を行った。国民から税を巻き上げ、ゲッダ家一族の豪遊に充てる。第一王子に付いていた者たちはことごとく排除し、自分の命令を聞き甘い汁をすすろうとする者だけを側に置く。

『私は……国を、守りたかった。望まなかったとはいえ王になったからには、私の着るものや食べるものを減らしてでも、民たちに還元したかった。だが……できなかった』

『その、ゲッダ卿とかいう人たちに阻まれたのですか？』

ステイシーが問うと、アーロンはうなずいた。

『それだけでなく、もし私が反抗するならば現在幽閉処分で済ませている兄上も処刑すると言われ……。私がいなくなっても、兄上さえいらっしゃればこの国を立て直してくださると思っていました。それなのに兄上までもが殺されたら、もう国は助からない……』

『……それであなたは、ステイシーに求婚した。そうすれば私が怒り、ヴァリアン王国に報復するだろうと見込んで。そうして、現在の歪《いびつ》な国のあり方を是正してくれるだろう、と』

リュートが静かに言うと、さしものアーロンも肩を震わせて黙ってしまった。

『だが私は、怒らなかった。だからあなたは自らクライフ王国に乗り込んで、酒場通いをしたり私たちの間に割って入ろうとしたりして、私たちの怒りを煽ろうとした。あなたがクライフ王国で捕まれば即刻、我々はヴァリアン王国に兵を送り込む。そうして……ゲッダ卿たちの不正を白日の下にさらそうとしたのですね』

「自由気ままに振る舞おうとしても、アーロン王には監視の目があった。下手な方法で、我々に助けを求めることはできなかった。だからアーロン王は自分が愚者の誹《そし》りを受けることを覚悟の上で、私たちがヴァリアン王国に兵を送らせるように動いてきたのだ」

リュートの言葉を、ステイシーは静かに聞いていた。

アーロンの告白を聞いたときは、ステイシーも複雑な心境だった。いくら窮地に陥ったとしても、他にやりようはあったはず。もっと円満に解決できる方法が、あったはずだ。

だがその考えはリュートやステイシーのように秀でた面を持つ――いわゆる「持つ者」の傲慢なのだと教え諭したのは、ブルクハウセン公爵だった。

『陛下のような武術やステイシーのような魔力を持たぬアーロン王には、切れるカードが少なかった。アーロン王の置かれた境遇を考えても、彼に取れる手段は少なかったと思われます。それを、怠惰だったからなどと責め立ててはなりません』

アーロンについてどうしようかと迷っていたリュートやステイシーに、ブルクハウセン公爵はそう言って窘めた。年長者の言葉に、ステイシーだけでなくリュートもはっとした顔になり――そして彼は、ヴァリアン王国を救うことを決めたのだった。

アーロンは、「持たない者」なのかもしれない。だが彼はそんな己を誰よりも理解した上で弱みをさらけ出し、リュートたちに助けを求めた。それも、己の保身などではなくて我が身の破滅を引き換えに民を救ってほしい、という懇願で。

「ゲッダ卿、貴殿らは新国王の外戚ということでアーロン王に代わって政治を行ってきたが……それはもはや独裁と言ってもよいもののようだな」

「……ヴァリアン王国には、ヴァリアン王国のやり方がございます。いくらリュート陛下といえど、我が国における執政のあり方に口を挟んでいただきたくはございません」

なおも詭弁を申し立てるゲッダ卿を、リュートは冷たく見下ろした。

「確かに、ヴァリアン王国のことはたかが隣人の私より、この寒冷な大地で生まれ育った貴殿らが精通していることだろう。……無論、たかが隣人の分際で貴殿らの政治の方法に口を出すのは、ともすれば国際法に抵触するだろう」

「……では！」

「しかし。……我々には、ヴァリアン王国を裁く権利がある。……なぜならヴァリアン王国の王であるアーロン陛下が、私の婚約者に無体を働いたのでな」

「……は？　無体……？」

「アーロン王は、ステイシー・ブルクハウセンがクライフ王国の次期王妃、星女神教会の認めた私の婚約者であると承知の上で婚姻関係の締結を申し出て暴行未遂も起こした」

リュートの暴露話に、ゲッダ卿たちは驚愕で目を見開いた。当然のことながら、彼らはアーロンがステイシーに求婚したことなど知らされていないのだ。

「……そ、それは事実なのですか!?」

「こちらのステイシーの証言もあり、そしてアーロン陛下も認められたことだ。星女神教会では、女性の幸福を何よりも尊《たっと》ぶ。よってアーロン陛下の行いは、星女神の承認のもとで私と結ばれる予定だったステイシーの、女性としての、そして星女神教会の聖女としての名誉を傷つけかねない行為であると判断できる。そういうことで……サミュエル」

「はい」

大柄なリュートの背後からひょっこり顔を覗かせたのは、サミュエル。相変わらず薄着のリュートと違い彼はしっかり着込んでいるがそれでも寒さのためか、唇は青い。

サミュエルは伴っていた部下から一枚の書状を受け取り、それをぺらりと広げてみせた。

「我々は国際法、ならびに星女神教会の教義に則り、アーロン・ハルテリウスによるステイシー・ブルクハウセンへの侮辱行為の件について、調査いたします」

「な、何!?」

「なおこういうのは普通、調査される側の同意も求められるのですが……他ならぬアーロン陛下が調査に同意してくださったため、いち臣下でしかないあなた方に拒否権はございませんので、あしからず」

とんとん、とサミュエルが指先で示す書状の隅には確かに、アーロン直筆のサインがある。

いくら国王の外戚、いくら摂政といえど、ゲッダ卿たちは王家の人間ではないただの高位貴族。

そしていくら傀儡といえど、アーロンは国王。彼さえうんと言うならば、ゲッダ卿らはその意向に従わなければならないのだ。

これに違反すれば、それこそ国際法に抵触し――下手すればクライフとヴァリアンだけの問題ではなくなる。それこそ、アーロンの即位記念式典に出席した近隣諸国の王侯貴族たちがどう思うのか。

調査をされれば自分たちにとって不利なものが芋づる式に出てくると分かっているようで、ゲッダ卿たちは青い顔をしており、特に取り巻きたちは「そんな……」とうなだれている。

だがその中で、ゲッダ卿だけはそれまで青白かった顔を徐々に赤らめ、じろりとリュートをにらみ上げた。

「……そのようなことが、許されるとでもお思いなのですか」

「言葉を返そう。……若く未熟な王子を無理矢理国王の座に座らせ、自分たちにのみ都合のよい政治を行ったり、書類の改ざんを行ったりして……いざというときには全ての責務を若き国王一人になすりつける気でいる。そのような外道の行いが、許されるとでもお思いなのか」

「……なめるな！」

煽られたと気づいたらしいゲッダ卿は叫ぶなり、その体躯からは意外なほどの瞬発力を見せて——黙って窓辺に立っていたステイシーの腕をぐいっと摑み、後ろから抱き込むような形で捕まえた。

「きゃっ!?」

「ステイシー！」

「近づくな！　……リュート王、よくお考えになるがよろしい」

ささやくように言ったゲッダ卿は、ぱつんぱつんのズボンのポケットに手を伸ばした。そこから出されたものの鞘《さや》を払い――銀の刃《やいば》を、ステイシーの首筋に当てる。

「あなた方が一歩でも動けば、この部屋の床があなたの愛しい女性の血で濡れることになります」

「……だめだ、やめろ！」

「動くでない！」

ゲッダ卿はつばを飛ばしながら叫ぶと、ナイフを握る手に力を込めて刃の先をステイシーの喉元に強く押し当てた。ごくり、とステイシーの喉が鳴る。

「……そこの、騎士。今手に持っている書状を破り、焼却せよ」

「しかし……」

「黙れ！　次期王妃の命が惜しくないのか……」

「……あのー、ちょっといいかしら？」

とんとん、とゲッダ卿の腕を叩くのは、彼に拘束されているステイシー。

「分かっていると思うけれど、サミュエルが持っている書状を焼却処分したとしても、写しはあるわよ？　それにこの場を切り抜けたとしても、私に刃を向けたということであなたは立派な犯罪者になる。……おとなしく捕まる方が、いいんじゃないの？」

「ぐっ……！　……だ、黙れ……！」

「分かった、黙るわ」

その代わりに――と、ステイシーはゲッダ卿の腕に触れていた右手を、自分の喉にかざされたナイフに近づける。

そして――ヒャン、ドスッ、という音が鳴った後には、ゲッダ卿の右手には何も握られていなかった。

「……は？」

凶器を奪われてぽかんとするゲッダ卿が自分の右手を見つめている隙に、ステイシーは右手を自分の背中とゲッダ卿の腹の間の隙間にねじ込み、手のひら側をゲッダ卿の腹に当てて――

ズドン、という重い音を立てて、ゲッダ卿が吹っ飛んだ。

「ほがぁっ!?」

「ゲッダ卿!?」

取り巻きたちが叫ぶ中、ステイシーの空間魔法により吹っ飛ばされたゲッダ卿は破られたままの窓からベランダに飛び出し、ベランダの手すりに背中から衝突した。「ぶぎゃっ!?」と潰れた何かのような悲鳴を上げた彼は、真っ白な雪の世界の中に沈み込んでいった。

「……黙れと言うので、黙ったまま対処をさせていただきました」

吹雪の中でぴくぴく震えるゲッダ卿に向かってステイシーは微笑みかけ……近くの壁に刺さっているナイフを見て、ほうっと息をついた。

（……どんな方法でお仕置きをしようかな、って思っていたけれど……ま、これくらいが妥当かしらね）

ふと、ステイシーは視線を感じて振り返った。そこには、ぷるぷる震えるゲッダ卿一味たちが。

――彼らの目に映るステイシーは、黒髪を吹雪に躍らせて赤い目を輝かせ不気味ににたりと笑う、まさに魔女のような姿をしていた。

「……次は、あなたたちの番かしら？」

「……う、うわぁぁぁぁ！」

ステイシーによってゲッダ卿が倒されたからか、それまでは呆然としていた取り巻きたちも立ち上がり、出口に突進したが――

「待たれよ」

「ぎゃっ!?」

扉の前に立ち塞がったリュートが、とん、と先頭にいた男の肩を突いた瞬間、目の前にいた男たちが三人まとめてひっくり返った。そのまま彼らは後ろにいた者たちも巻き込んで次々に床に倒れていき、リュートはその様を見て目を丸くした。

「……軽く押し返しただけのつもりだったが、思いのほか力を入れてしまったか……すまない、立てるか？」

「ひっ!?」

「陛下、陛下。あなたがそうやって手を差し出しても、相手は『とどめを刺される！』と思っちゃいますよ」

「む？　そうか。ではサミュエル、調査の前に悪いが、彼らを頼んだ」

「そうおっしゃると思いました」

書状を懐に入れたサミュエルはため息をつきつつ、部下に指示を出してきびきびとゲッダ卿一味らを縛り上げていった。彼らが、「大丈夫ですよ。我々は、そこまで馬鹿力じゃないんでー」となだめながら不届き者たちを縛り上げている声が、聞こえる。

ふーむ、とサミュエルの働きを見ていたステイシーだったが、にわかに目の前が真っ暗になった。

「ん？」

「ステイシー、無事か？」

「……陛下？」

どうやら自分はいつの間にか、リュートに正面から抱きしめられていたようだ。吹雪荒れ狂う室内でリュートの大きさと温かさはとても心地よく、ステイシーは彼の胸元に頬を寄せて腕を背中に回した。

「……先ほど、後ろから摑まれていただろう。痛いところはないか？」

「はい、大丈夫です。……寒さのせいか、ゲッダ卿の握力はかなり緩んでいました。おかげでナイフもゲッダ卿も簡単に吹っ飛びました」

「……一応、やめろ、とは言ったのだがな……」

そうかも、とは思っていたが、やはりあのときリュートが叫んだ「やめろ」はゲッダ卿に対するものではなくて、ゲッダ卿をどう調理しようか考えているステイシーに、「手荒すぎるのは、やめろ」という意味で言っていたようだ。

「……そうだ。アーロン陛下の方は、うまくいっているでしょうか」

「おそらく、大丈夫だろう」

そう言って抱擁を解いたリュートが後ろを向くと、縛り上げたゲッダ卿たちを部下たちが連行していく指揮をしていたサミュエルもこちらを見て、うなずいた。

「アーロン陛下は、玄関ホールのところにいらっしゃるようです。……ゲッダ卿らに賛同する貴族は、あまり多くなかったようで……アーロン陛下を支持する者たちと一緒にいらっしゃるとのことです」

「まあ、自分たちばかりに利益の流れ込むようなことをしていれば、信頼を失って当然だな……」

リュートはつぶやいてから、ステイシーの手を取った。

「……クライフに戻る前に、もう一仕事だな。行けるか、ステイシー？」

「もちろんです。……あなたと一緒にやりきると決めて、クライフ王国を出発したのですから」

アーロンから話を聞いたステイシーらは急ぎ、ヴァリアン王国に渡ることにした。その際、アーロンが「雪で進行を阻害されない、大昔に作られた非常用通路がある」と教えてくれた。

ヴァリアン王国に入った後、彼の案内で向かった山には隠し通路があった。そこは平坦な道だったので馬車を走らせ、通常よりずっと早く王都に到着することができたのだった。

ステイシーはリュートの手を取り、微笑んだ。

「国内だろうと国外だろうと……北国だろうとどこだろうと、私はあなたにお供します。あなたがやると決めたことを支えるためなら、私は悪女にでも魔女にでもなりますから」

「……勇ましいことだ。だが、これを機にヴァリアン王国における魔女の概念も、少し変わればいいのだがな……」

リュートはステイシーの黒灰色の髪を愛おしそうになでつけて、少し寂しそうに笑って言ったのだった。

ゲッダ卿らのことをサミュエルに任せたステイシーたちが玄関ホールに向かうと、アーロンや使用人たちの姿があった。

　ステイシーたちがゲッダ卿らをシメている間、アーロンには城内の制圧を頼んでいたのだが……どうやら大事になることなく、味方になってくれそうな者たちと共に待っていたようだ。

「アーロン陛下、大体のところは終わりました」

「……お体の調子は、いかがですか」

　リュートとステイシーが呼びかけると、アーロンはゆっくりと振り返った。そこに見られる彼の顔はずいぶん老け込んでいるようだが、微笑を浮かべていた。

「……さすが、リュート陛下とステイシー様。私はただ言われるがままにするしかなかったというのに……素晴らしい手腕です」

「こうなるように手はずを整えたのは、あなたでしょう」

　リュートがそう言うが、アーロンは力なく首を横に振った。

「……私は、自分では何もできなかった。国王なのに、民を守らねばならないのに……私は伯父たちの言いなりになるだけだった。本当は、もっとできたことはあったはずなのに。己の保身に走り、ステイシー様を侮辱するような形であなたたちに国に乗り込ませるような恥ずかしいまねしかできなかったのです」

「……あなたの振る舞いを見て、私は正直幻滅しておりました。ですが、愚者のように振る舞い皆から失望の眼差しを向けられることの屈辱に、あなたは耐えた。……あなたに決意の志《こころざし》があったからこそ、この国は救われたのです」

「しかしっ！　私は……」

「失礼します、アーロン陛下」

一言断ってから前に出たのは、ステイシー。防寒用のもこもこのフードを後ろにはねのけて顔を見せたステイシーは、アーロンの前に立った。

「あなたはそれほどまで、ご自分の行いを後悔されているのですね」

「……ええ、そうです」

「私を侮辱したことも？」

「はい」

「分かりました。……では、星女神教会の聖女・ステイシーの名におき、あなたに罰を与えましょう」

ステイシーがそう言った瞬間、その場がざわめいた。それまでは沈痛な面持ちで黙っていたヴァリアン人の使用人たちがさっと進み出て、主君を守るように立ち塞がったのを見て――ステイシーは笑みをこぼした。

（……何よ。ちゃんと、慕われているじゃないの）

　ステイシーとしては「あらまあ」のつもりで笑ったのだが、どうやらヴァリアン人たちにとっては別の意味に捉えられたようで、皆顔を青くした。やはり、「魔女」の見た目を持つステイシーのことは恐ろしいようだ。

「何やら殺気立ったご様子ですが……星女神教会のやり方に則るならば、私はアーロン陛下に罰を与える義務がございます。それともあなた方は、アーロン陛下には一切の瑕疵がないとでもお思いで？」

「……陛下は、ずっと苦しんでらっしゃった！」

「そのお心の痛みがあったからこその、ご決断だったのです！」

「はぁ……。どのような理屈であれ、他国の王妃となる女性に言い寄って無理矢理抱き寄せたということは事実でしょう？」

　ねぇ？　と笑顔でアーロンに呼びかけると、彼はぐっと顔を上げた。

「……了解した。ステイシー様、どうか私に罰を」

「陛下！」

　ヴァリアン人の使用人たちは悲痛な声を上げるが、それを制したのはリュートだった。彼に静かに見つめられた皆は、ごくっとつばを呑み――リュートが軽く手を振ると、青白い顔で後退した。

　これで、ステイシーとアーロンの間を遮る者はいなくなった。

「……では星女神教会の大司教猊下直伝の方法により、あなたに罰を下します。ご覚悟はよろしいでしょうか？」

「もちろんだ」

アーロンがはっきりと言い、若い使用人の女性が嗚咽《おえつ》を上げ始めた。どうやら今、ステイシーはとんでもない悪女のように見られているようだ。

（……まあ実際、そういう風に振る舞っているのだけれどね）

ステイシーはゆっくりと、右手を伸ばした。そのほっそりとした指先がアーロンの額に向けられ、アーロンが震えるまぶたを閉ざした、直後――

「……えいっ」

「ぐっ⁉」

渾身の力でデコピンしたため、アーロンの頭が揺れてそのまま、すてんと尻餅をついた。元々細身で繊細そうな見た目だとは思っていたが、女性のデコピン一つで倒れるほどか弱かったようだ。

冷たい床に倒れ込んだアーロンのもとに、使用人たちが駆け寄っていく。

「陛下、ご無事ですか⁉」

「あ、ああ。それほど痛くはないが……驚いた」

額をさすりながら、アーロンは呆然と言った。確かに、王子として育った彼はこれまでの生涯で、デコピンなんてされたことは一度もないだろう。

（大司教様の「お仕置き」デコピンは、むちゃくちゃ痛かったわねぇ……）

神官仲間の中には、「一瞬、死んだおばあちゃんの姿が見えた」とか「きれいなお花畑が目の前に広がっていた」という感想を聞かせてくれた者もいたくらい、大司教が笑顔で繰り出すデコピンの威力はすさまじかったものだ。

「……あなたに審判を下すのは、このヴァリアン王国の民です。ですが……今のあなた方のご様子を見ていれば、どのような結果になるかは想像できそうですね」

ステイシーが言うと、アーロンに駆け寄っていた使用人たちははっと顔を見合わせて、ばつが悪そうにうつむいた。傀儡の王でありながら、これほどまで慕われているのは……アーロンがぼんくらではなかったという証しだ。

彼には彼なりの信念と、よさがあった。それに気づき、ここまで付いてきてくれた者もいる。

……きっとヴァリアンの民は、アーロンを正しく「裁いて」くれるだろう。

それまで黙って成り行きを見守っていたリュートが、「アーロン陛下」と呼びかけた。

「あなたはこれから、どうなさるのですか？」

「……北の離宮に、兄上が幽閉されています。伯父たちは早く兄上を処刑するようにと申しておりましたが、私が何だかんだ言い訳をして幽閉にとどめました」

「ほう、なかなかの手際ではないですか。……では兄君を解放なさるのですか？」

「はい。そもそも王位は、王妃殿下の息子である兄上が継ぐべきでした。そこを、権力欲に取り憑かれた私の親戚が暴走して継承抗争を起こし――私の母が父の寵妃《ちょうひ》だったことや私の髪と目の色が光の女神と同じだったことなどを言い訳にして、王冠をもぎ取りました。その冠を、本来いただくべきだった方にお渡ししたいのです」

つまりアーロンは最初から自らの失脚を覚悟の上で兄に王位を譲り、ヴァリアン王国を守ろうとしたのだ。大人たちの都合で踊らされてきたアーロンにできた、最初で最後の悪あがきがこれだったのだろう。

そこでアーロンはステイシーを見て、疲れたように笑った。

「聖女ステイシー様。……私は黒髪に赤い目を持つあなたを見たその瞬間、この作戦を思いつきました。あなたの名誉を穢してでも、私はこの作戦を決行しなければならなかった。……どうか、私のことをお恨みください」

「……。……恨みなら先ほどのデコピンで、お返ししました」

ステイシーは静かに言って、立ち上がった。

「あなたはこの自爆行為的な作戦により、ヴァリアン国民を救おうとした。それは、紛れもないあなた自身の願いだったのですよね？」

「……はい」

「それがあなたの選んだ道なら、私たちは何も申しません。あなたにはあなたなりの信念があり、そして他に選べる道はほとんどなかった。そんな中でも立ち上がろうとしたあなたは……とても素晴らしい人だと思います」

アーロンは確かに、国王としては力不足だったかもしれない。だがそれを一番実感していたのは他ならぬ彼自身で――悩んだ末に彼は、自分を傀儡にする連中もろとも破滅することで、民を救う道を選んだ。

その決断を、ステイシーは否定することはできないし……最後まであがこうとしたアーロンの気持ちには、心からの敬服の意を表したいと思っている。

アーロンはステイシーの顔をしみじみと見て……少し寂しそうに笑った。

「……だめだな、私は。今になって、あなたのことが本気で好きになってしまいそうだ」

「大変嬉しいお言葉ですが、そのお気持ちには応えられません」

ステイシーははっきりと言うが、笑顔だ。

そしてリュートもまた静かな微笑みを浮かべて、アーロンに手を差し出した。

「私の婚約者を譲ることはできないが……どうやら我々は、好きな女性のタイプが近いようだ。もっと違う形であなたと知り合っていれば、案外私たちは仲良くなれたかもしれない」

「リュート陛下……」

「だが、これだけは言わせてもらおう。どのような形で私たちが知り合ったとしても、ステイシーに選んでもらえるのは、私だ。なぜなら私は……ステイシーの好みにぴったりの男だからな」

自分の手を取ったアーロンを立たせたリュートは、とてもいい笑顔で言った。

＊　＊　＊

ヴァリアン王国の事件は、冬が深まる前になんとか決着を迎えた。

クライフ王国による調査により、ヴァリアン王国のゆがんだ政治のあり方が明らかになった。アーロン王が物事の処理をリュートに依頼したため、リュートは政治執行不可なアーロンに代わってゲッダ卿らを司法に送った。

その結果、ゲッダ卿らを始めとしたアーロンの親戚たちはことごとく追放され、ハルテリウス家一族は没落した。無論、それはアーロンも例外ではない。

アーロンは幽閉されていた兄を解放し、彼に王位を譲り渡した。そんな異母弟に新国王が与えた罰は、「ヴァリアン王国の平和のために、その生涯を国に捧げること」だった。

母方の実家のゲッダ家も没落したことでただの平民になったアーロンは新国王のしもべとなり、

その治世を支えるために国内を奔走する。時には荒れた大地に赴いて民と一緒に畑仕事をして、時には内乱を鎮め、時には武器を手に戦わなければならない。

アーロンはその罰を、喜んで拝命した。「これでやっと、私は自分にできる形で祖国を守れます」と、彼から届いた手紙には書かれていた。

その手紙に記されていたアーロンのサインには、家名がなかった。だが、母方の親戚たちの傀儡になっていた彼にとって、きらきらしい家名を背負わずただの「アーロン」として生きていける方が、きっと幸せなのだろう。

余談だが。

かつては「闇の女神の分身」として黒髪赤目の女性が魔女扱いされていたが、その色を持つステイシーらの活躍によりヴァリアン王国は立ち直っていくことになった。新国王やアーロンたちの説得もあり、ヴァリアン王国における魔女の扱いが少しずつ変わっていく。

やがて、「闇の女神」はヴァリアンを滅ぼす魔女ではなくて、人々の過《あやま》ちにより王国が悪に冒された際に現れてそれまでの制度を壊し、新たな秩序を築くきっかけを作ってくれる「聖女」として扱われることになるのだった。

＊　＊　＊

そうして、冬の終わりが見えてきて春の兆しがクライフ王国を包みつつある頃。

本日、クライフ王国国王・リュートの結婚式が、華々しく執り行われる。

❁終章❁　聖女、幸せを誓う

「ステイシー、お手紙ですよ」

「まあ、どちら様からでしょうか」

控え室にいるステイシーのもとにやってきたのは、ドロテア。新婦の姉ということで花嫁付添人となった彼女は、淡い緑色のドレスを着ており艶やかな銀色の髪を優雅に巻き上げている。

主役の花嫁より目立ってはならないのでドレスのデザイン自体はシンプルだが、ブルクハウセン公爵が国内の超有名仕立屋に依頼して作らせた逸品であるため、その値段は目玉が飛び出るほどのもの……らしい。

窓際の椅子に座っていたステイシーは、ドロテアから手紙を受け取った。手紙は二通あり、どちらも結婚式当日の花嫁に送られる手紙にしてはシンプルなものだ。

まずステイシーは、ヴァリアン王国の国章の封蠟《ふうろう》が捺《お》されたものを手に取って、既に開封されている封筒からカードを取り出す。

「……ヴァリアン王国の、新国王陛下からですね」

「さすがに彼らを招くことはできませんが……これ以降は友好な関係を築けることでしょう」

ドロテアの声は穏やかで、ステイシーも微笑んでうなずいた。

ヴァリアン王国では、アーロンの異母兄が新国王として立った。ゲッダ卿ら悪臣たちがことごとく追放された国は、混乱している。まずは土台を作らねばと、彼は家臣になったアーロンと共に奔走しているそうだ。

アーロンは、人の上に立つのには向いていなかった。今、彼はきれいだった髪を適当に結い、豪奢な服から粗末な衣類に着替え、体中泥と雪にまみれながら仕事をしているという。だが、己の力で国を平和にしているという実感があるからか、今の彼は王座にいる頃よりよっぽど楽しそうにしている、と使者が教えてくれた。

そんなヴァリアン王国からは、ひとまず結婚祝いのカードだけ届いた。これからまた祝いの品などが届くだろうが、王国関係者が参列することはない。その資格はないと、新国王たちの方から申し出たのだった。

一時は危ぶまれた、クライフ王国とヴァリアン王国の国交回復。それは、今すぐというわけにはいかないだろうが……おそらくリュートと新国王が在位している間に実現し、過去よりずっとよい関係を築けるだろう、と言われている。

（これからのことは、私もリュート様と一緒に考えていかないとね）

　ヴァリアン王国から届いた手紙をドロテアに渡したステイシーは、二通目の手紙を見て……一瞬、呼吸を止めた。

「……」

「……席、外しましょうか？」

「いいえ、大丈夫です」

　気遣ってくれたドロテアに応じて、ステイシーはそっと便せんを取り出した。とても上質とは言えないごわごわした手触りの便せんだが……そこにはいろいろなものがびっしりと書かれていた。

　手紙の送り主名は、「メディ村のみんなより」。メディ村……ステイシーが母と一緒に十二年間暮らした村の住民たちからの手紙だった。

　クライフ王国の隅っこにあるメディ村は、識字率もそれほど高くない。だから文字でステイシーの結婚を祝福してくれる者もいれば、絵を描いてくれる者、はたまた生まれたばかりの赤ん坊のものらしき手形まであった。

　もう何年も会えていない、村人たち。ステイシーにとって唯一の故郷からの便りは、ぬくもりに満ちていた。

「……。……皆、私のことを忘れていなかったのね」

「当然でしょう。あなたが生まれた頃から知っている者も多いでしょうし。……たとえ遠く離れていても、彼らはあなたの幸せをずっと願っているのでしょう」

（私の幸せを、願う――）

母が死に、天涯孤独になったと思っていた。リートベルフ伯爵邸の人間たちを家族とは思わなかったし、星女神教会の皆にはよくしてもらったがそれでも、家族とは違うと思っていた。

だが……ステイシーには、幸せを願ってくれる人がこんなにもいたのだ。ステイシーが村を離れて伯爵令嬢になっても、神官になっても、聖女になっても、公爵令嬢になっても……王妃になっても変わらずに身を案じ、応援してくれる人たちが、いる。

（……私は、幸せ者ね）

ぎゅっと手紙を胸に抱いてから、ステイシーはそれを脇にあるテーブルに置いた。

「……皆に、お礼を言いたいわ」

「ええ、そうなさいませ。……人と人との関係を決定するのは、距離だけではありません。ただ物理的に近いだけでは結べない絆だってありますし、どんなに長い間離れていたとしても揺るがない関係もありますもの。どんな身分であろうと、そのことを忘れてはなりませんよ」

ヴァリアン王国からの手紙を手にしたドロテアは微笑んで、窓辺に立った。そこからは、国王の結婚式に賑わう城下町の様子が一望できる。

……ここからは見えないがきっと、遠く離れたメディ村でも今頃、リュートとステイシーの結婚を祝ってくれていることだろう。

しばらくして、ドアがノックされた。

「失礼します、ステイシー様。陛下をお通ししてもよろしいでしょうか」

「ええ、もちろんです」

サミュエルの声がしたので応じると、ゆっくりとドアが開いた。

まず姿を見せたサミュエルは、薄紫色の礼服姿だった。彼もまた花婿付添人に選ばれており、ドロテアと一緒に花を持ったり指輪を渡したりする。リュートから付添人に任命されたときの彼は「陛下も物好きですねぇ」とぼやいていたが、その横顔はなんだか嬉しそうだった。

お辞儀をしたサミュエルが一歩横にずれて、赤髪の青年の姿がステイシーの視界に入った。彼とステイシーの視線がぶつかり――

――バタン！

「……えっ!?　なんで閉めるんですか!?」

「す、すまない。ステイシーの姿が見えた瞬間、『これは俺ごときが見てよいものではない』と脳が判断して、つい閉めてしまった」

「何を言っているんですか!?　まさかこのままステイシー様の顔を見ずに式を挙げるつもりですか!?」

「まさか！　だが……分かった。八秒待ってくれ」

「十秒じゃないところに、配慮とこだわりを感じますねぇ」

ドア越しに、何やらリュートとサミュエルのやりとりが聞こえてくる。

（な、なんだ。いきなり閉められたから、何が起きたのかと思っていたわ……）

ほっとするステイシーだが、隣に立つドロテアは麗しいかんばせをゆがめていた。

「……あの筋肉バカは、晴れの日に何をしているのですか！」

「まあまあ。陛下も悪気があってなさったことではないのですから」

「ステイシー、あなたは陛下に甘すぎます。いくら国王と王妃といえど、あなたたちは夫婦になるのですからね。夫のだらしないところをビシバシと調教しなければ、夫婦仲は円満になりませんよ！」

「……ふふ。何だかんだ言って私、陛下のああいうところが好きなのです」

ステイシーが微笑むと、ドロテアはきっと目尻をつり上げた。

「そんなことを言って甘やかしていると、筋肉バカ度合いがますます増えます！」

「私も陛下に甘やかしてもらっているのだから、私も陛下をうんと甘やかすつもりなのです。……

でも、私のためを思って言ってくださったのですよね。ありがとうございます、ドロテア——お姉様」

ステイシーが「その名」でドロテアを呼んだ瞬間、ぷりぷりしていたドロテアははっとした顔になり、ステイシーを凝視した。

「……あなた、わたくしのことを、姉と……？」

「戸籍上、私は公爵家の次女ということになっていますので。……これまではなんとなく恥ずかしかったのですが……」

「……。……そう」

ドロテアはくいっと眉根を上げると、きびすを返した。そしてまだ閉まったままのドアを、勢いよく開けた。

「……もうとっくの昔に八秒経過しております！　いつまでうじうじしておられますの!?」

「す、すみません。何やら取り込み中だと思われたので……」

「おや、ドロテア。顔が赤いな。どうかしたのか？」

「……わたくし、あなたのそういうデリカシーのないところ、嫌いです！」

そう吠えたドロテアは、「お父様を呼んで参ります！」とかっかとしながら出て行った。リュートは少し困った顔をしていたが、サミュエルが「ドロテア様のところには私が行きますので、陛下はこちらで」と言って、ドロテアの後を追っていった。

（ドロテア様、恥ずかしがられたのかしら……？）

嫌がられたらどうしよう、と思っていたのだが、どうやら気に入ってはもらえたようでよかった。

リュートはややぎこちない動作でステイシーの方を向いて……ほう、とため息をついた。

「……美しい。星女神様が俺の目の前に降臨したのかと思ってしまった」

「……ふふ、ありがとうございます、リュート様。リュート様も、とっても素敵ですよ」

リュートの礼服自体は衣装合わせのときに見たものと同じだが、少し長くなった髪を式の数日前に切ったので、短髪になっていた。半年前の夜会のときと同じように前髪を上げており、はにかんだ顔がよく見える。

彼は右手に儀式用の宝剣を、左手には白い布の塊を持っている。ステイシーのもとに来たリュートはまず至近距離でじっくりとその姿を見てから、「美しい」とかすれた声でささやいた。

「あなたがこの衣装を纏う姿は、衣装合わせの際に見ているはずなのに……あまりの神々しさに、意識が飛ぶかと思った。ステイシーはいつ見ても愛らしいと思っていたが、クライフ王国の色を纏うステイシーはしとやかでたおやかでどこか艶めいてもいて……いかん。俺の貧相な語彙力では最適な褒め言葉が出てこない……」

「滅相もございません。陛下が……リュート様が素直な気持ちで告げてくださる言葉が、何より私にとっては嬉しいです」

困ったように目を伏せたリュートの頬に手を伸ばし、ステイシーは微笑んだ。

「無理に飾り立てなくても、今あなたが思った言葉を贈ってくださった。……それが何よりの、褒め言葉です。ありがとうございます、リュート様」

「ステイシー……」

リュートはしげしげとステイシーを見て――つとその唇に視線を向けてから、ぶるんと首を振った。

「……今、あなたの唇を強引に奪いそうになった」

「え、ええと。気持ちはとても嬉しいのですが、それはまた後、ということで……」

「もちろんだ。……さあ、これを」

そう言ってリュートが差し出したのは、彼が左手に持っていた布の塊。ステイシーはそれを受け取り、広げた。

それは、織細なレース編みで作られたベールだった。従来の花嫁が着用するものよりも若干前側が長いそれを、さっと被る。すぐに、近くに控えていたメイドたちがベールの位置を調節してくれた。ベールは鼻の先まで隠す長さなので、目の前にいるリュートの姿が少しぼやけて見える。

この少し特殊な規格のベールは、聖女用のもの。顔の大半を隠すベールは、星女神の膝元と俗世を隔てる壁のような役割を果たしており――誓いのキスの際にリュートがこのベールを捲り上げることで、ステイシーが女神の娘からただの女性になるという演出をする。

「……ステイシー。あなたは本日をもって、クライフ王国の王妃となる。……ステイシー・ランメルス。クライフ王国ランメルス家の、妃となる」

「……はい」

ステイシー・ランメルス。まだ全然なじみのない、新しい名前。

これまでステイシーは、名字をころころと変えてきた。少女時代は存在せず、伯爵家に引き取られてリートベルフ姓を名乗り、公爵家の養女になってブルクハウセン姓を一年ほど名乗り――そしてこれからはランメルス姓で、生きていく。

その覚悟は、もう固めている。

この、誰よりも優しくて勇敢な若き王と共に歩む道を、ステイシーは自ら選び取っていた。

「だが。……たとえ王妃になろうとも、あなたはあなただ。……私はあなたと人生を歩む際、必ずあの八の条件を守り続けると誓う」

どこか厳かな声音で言うリュートの顔を――ぼんやりとしてはいるが、ステイシーは見上げた。

『星女神教会の聖女・ステイシーは、以下の条件全てに合致する男性を夫として希望する。

・とろとろに甘やかしてくれること
・とびっきり優しいこと
・誠実で、浮気を絶対にしないこと
・ステイシーが家事を一切しないのを許可すること
・身長は三十八トル以上であること
・猫が好きなこと
・金持ち（少なくとも年収二十万クルル以上）であること
・筋肉質で、片手でレンガブロックを粉砕できること』

あの、リートベルフ伯爵をぎゃふんと言わせるためだけに悪ふざけで書いた、夫の募集要項。まさかこれら全てに当てはまる人はいないだろう、と思っていたのに現れたリュートは……まさに、ステイシーの理想の男性そのものだった。

「……ありがとうございます、リュート様。私も……あなたに誓います」

「ステイシー？」

「私はあなたに甘えますが同時に、あなたのこともうんと甘やかします。あなたが私のやりたいようにさせてくれるのと同じように、私もあなたの願いを叶えます。あなたが私に誠実であってくれるのと同じく、私もあなたに生涯誠実であります」

されるだけ、与えられるだけの関係であってはならないと、大司教は語っていた。

お互いを尊重し、大切にして、甘やかし合える関係でいる。そんな夫婦でいたいと、ステイシーは思っている。

ステイシーは微笑み、リュートの手を取った。

「一緒に歩いていきましょう。私は、あなただけの妃。これからもあなたと共に、歩ませてください。あなたが私を守ってくれるのと同じように、私もあなたを守ります」

「……。……ああ。ありがとう、ステイシー。……愛している」

リュートはふっと笑い、ステイシーの頬を指の腹でそっと撫でた。

今はステイシーはばっちり化粧をしているしこの後の予定もぎっちり詰まっているから、ゆっくりはできない。

「……離宮に行ったら、たくさん甘やかしてくださいね？」

「もちろんだ。……さあ、行こう」

「はい」

するりとリュートの手がステイシーの手を取り、二人歩調をそろえて歩き出す。リュートの方が圧倒的に身長が高くてその分歩幅も大きいのだが、彼はゆっくりと足を動かしてステイシーに合わ

せてくれる。

（……きっと、大丈夫。私は、幸せになれる……ううん、幸せになってみせる）

ステイシーが聖女でいられるのも、あとわずか。

これからステイシーは、リュートの妃として……クライフ王国の国母として、生きていく。

（私は、私らしい王妃になる）

ステイシーは胸を張り、リュートと並んで光差す方向へと歩いていった。

番外編1
ドロテアの悩み

ドロテア・デボラ・ブルクハウセンは、国王の部屋にいた。

「陛下。なぜ今、わたくしがここにいるのか、分かってらっしゃいますよね？」

「あ、ああ、もちろんだとも」

ソファに優雅に腰掛けるドロテアの正面には、床に正座したリュートが。そう、一国の国王が、カーペットの上に正座しているのである。

いくら国王のはとこである公爵令嬢といえど、普通ならば許されるはずのない態度であるが、壁際にいる使用人たちはわざとらしいくらい目をそらしている。彼らも、国王がはとこにお叱りを受ける理由がよく分かっている様子だ。

「本日、王妃殿下は朝早くから仕度を始め、星女神教会の儀礼に王族代表として出席なさる、ということはご存じですよね？　知らなかったとは言いませんよね？」

「……もちろん、分かっていた」

「……ではどこの誰が、その大切な用事を控えている王妃を抱き潰すというのですか！」

ドロテアの叱責に、リュートのみならず使用人たちもびくっとして身をすくめた。

精巧な人形のように美しいドロテアだが、美しいだけあり怒りの表情はすさまじい。あと、リュートが軽く小突けば粉々に砕けそうなほど華奢な体をしているというのに、肺活量がすさまじいのか声が大きい。

「結婚前から何度も申しておりますように、あなたとステイシーとでは体力も体格も、何もかもが違うのです！　あなたはただでさえ朴念仁《ぼくねんじん》で女心が分かっていないのですから、自分のことよりもステイシーのことを考えてやっと、バランスが取れるくらい！　だというのに、どこのバカがステイシーを押しつぶして起床不能にさせるというのですか！」

……本日リュートが叱責されているのは、「罪状：妻を再起不能状態にした」ことによる。

ステイシーと結婚できたリュートは小柄な妻をめいっぱい気遣って、大切にしている。そしてステイシーの方も「リュート様と一緒にいられて、私は幸せです！」「私も甘えるので、リュート様もどんどん私に甘えてくださいね！」と言う。女神か。

ということでリュートは昨晩も、最愛の妃を抱きしめて眠った。少なくともその時点ではステイシーも、「あったかいです」と笑っていたから、問題ないはずだと認識していた。

……だが目が覚めたときステイシーは、うつろな顔をしていた。どうやら一晩中リュートに抱きしめられたせいで、体が動かなくなってしまったようだ。

「ステイシーにも、嫌なことをされたら遠慮なく魔法をぶっ放せばよいと説明しております。ですが、そこは優しくてあなたに甘いステイシーのことですから、それこそ命の危険でも感じなければあなたに魔法をぶつけることはないでしょう。……それでも今日くらいは、体中の筋肉がやられる前に空間魔法でも何でも使ってほしかった……と思っております」

「……」

「ということで。今、ステイシーはベッドに伸びております。あの様子では午前中いっぱいは休むべきでしょうから、儀礼出席における補填などは全て、陛下が采配なさってくださいね？　わたくしも父も、手を貸しませんよ？」

「……もちろんだ」

リュートは殊勝な態度で謝ってから、立ち上がり――「うおっ」とうめいて床に手を突いた。基本的に何でもできるリュートだが、さすがに長時間の正座には慣れていなかったようだ。

リュートがふらふらしながら出て行くのを見送り、ドロテアは深いため息をついて紅茶を口に含んだ。

「お疲れ様です、ドロテア様」

「あなたたちこそ、あの筋肉バカの手綱を握っておくのは大変でしょう。けれども、毅然とするべきときには毅然となさい」

「……はい。サミュエル様にも、そのように申しつけられております」

使用人の一人がそう言い——ぴくり、とドロテアの柳眉が動く。

「……そう。では、わたくしは帰りますね。ステイシーのこと、よろしく頼みます」

「かしこまりました」

使用人たちがお辞儀をする前をドロテアは横切り、部屋を出た。そして廊下に見張りの兵士以外の姿がないのを確認して、ふーっと大きな息を吐き出す。

ドロテアには最近、少々気まずい相手がいる。それが先ほど使用人も名前を挙げた、サミュエル・ノルデンである。

ノルデン侯爵家の嫡男である彼はリュートの親衛隊員だが、わりと普段からフランクなやりとりをしている。いつもどこか眠そうな顔をしておりリュートに振り回されがちな苦労人だが、頭は回る。やや毒舌なところはあるが、その指摘はどれも正しかった。

サミュエルは、国王の側近兼悪友として申し分のない人物だと思う。なるほど、やはりリュートには人を見る目というか野性の勘のようなものが備わっているようだ、とサミュエルを見るたびにドロテアも思っていた。

……ただ、今はその優秀な騎士と顔を合わせたくない心情だ。

『……あのー、もし間違っていたら大変申し訳ないのですが。もしかして、サミュエル様と何かありました？』

そうステイシーに尋ねられたのは確か、彼女が王家に嫁ぐ少し前に、一緒のベッドで寝た日のことだった。

もうすぐステイシーが嫁ぐのが寂しいドロテアは、「王妃たる者、寝相も美しくあるべきですからね。わたくしがチェックします！」という適当な理由をでっち上げて、ステイシーと一緒に寝ることができた。なお、特に指導をせずともドロテアよりずっとステイシーの方が寝相がよかった。

ステイシーに図星を指摘されたドロテアはつい動揺して、『そのようなことはありません！』ときつい口調で嘘をついた。ステイシーは『では、私の見当違いでしたね』と微笑んでいたが……案外鋭い彼女のことだからきっと、ドロテアが照れ隠しで嘘をついたと気づいていたはずだ。

ステイシーに感づかれるほどサミュエルとの距離の取り方がぎこちなくなったのは、以前彼と一緒に城下町の調査に赴いた日からだった。

ドロテアのとんでもない計画にぶつくさ言いつつも付いてきてくれたサミュエルだったが、帰りの馬車でとんでもない発言を噛ましてくれた。

『いつもの気品漂う感じの微笑みも素敵ですが、口周りを油でベトベトにして揚げ芋を召し上がる姿も、愛らしかったですよ』

……後で思えば、ロマンチックの欠片《かけら》もないどころか失礼極まりない発言だった。本人も失言だと気づいていたようで、謝罪はしていた。

……だが、しかし。

不覚にも、ドロテアはこの色気も可愛らしさもへったくれもない褒め言葉に、ときめいてしまった。ときめいてしまったことさえすぐには分からず、どうしてこんなに彼の発言が胸に刺さるのだろう、と困惑して……そして、分かった。

口の周りが油まみれで、はしたない口調で話していたとしても、サミュエルはドロテアのことを褒めてくれた。「愛らしい」と言ってくれた。そのことが、とても嬉しかったのだと。

公爵令嬢でも国王のはとこでもない、ただの「ドーラ」を見てくれて、本当に嬉しかったのだと。

……だというのにドロテアはどうにも気恥ずかしくなり、それこそステイシーにも気づかれるほどあからさまにサミュエルを避けてしまった。彼を避け始めてからもう、何ヶ月になるだろうか。

「……だめよね」

ぽつんとつぶやき、ドロテアは顔を上げた。

あの無骨で頭の中にまで筋肉が侵蝕していそうなリュートでさえ、ステイシーを口説き落としたのだ。普段彼のことを叱り飛ばしているドロテアなのに、恋愛のあれこれに関して未熟なのはよろしくないし……単純に、リュートに負けている気がしてなんだか嫌だった。

「……まずは、挨拶をするべきかしら。今の時間ならサミュエル様は、詰め所かしら……」

「はい、お呼びですか？」

「きゃっ!?」

聞こえるべきでない人の声が聞こえたため、ぶつぶつつぶやいていたドロテアは飛び上がらんばかりに驚いて振り返った。そこには、いつも通りの気だるげな眼差しの騎士の姿があった。

サミュエルは驚きで心臓をばくばく鳴らせるドロテアを見て、それからすぐに視線をそらした。

「……あー、そうだ。陛下にお説教してくださったんでしたっけ。ありがとうございました。先ほど陛下は急いで、本日のご自分とステイシー様の公務の調整をしに行かれました」

「そ、そう」

「では、私はこれで――」

「お待ちになって！」

すぐさまサミュエルが背中を向けそうになったので、ドロテアは大声で呼びかけた。驚いた様子で振り返ったサミュエルだが、またすぐに彼は視線をそらす。

「……何か、他にご用事ですか」

「いえ、その……そこまですぐに去ろうとしなくても、よいではないですか！」

「ですがどうも、私はあなたに嫌われている様子ですので」

サミュエルが気まずそうに告白したので、しまった、とドロテアは思った。

ステイシーに気づかれているのは一緒に暮らす姉妹だからだろうと思っていたが、サミュエル本人にも――しかもかなり悪い形で悟られていたようだ。

「そういうことはございません！　……あ、ですが、わたくしのこれまでの言動でサミュエル様を遠ざけていたのは、確かです。申し訳ございません」

「謝罪なんてなさらないでください。あなたに謝らせたなんて知られたら、ブルクハウセン公爵が私の首をちょん切りに来ますよ」

「それはないです」

サミュエルは青い顔で言うが、ドロテアの父である公爵は本日も腰を痛めて屋敷のソファに伸びていたので、大丈夫だと思う。

ドロテアはドレスのスカート部分をくしゃっと握り、視線をそらした。

「その……あなたに悪い感情があって遠ざけていたのではないのです。ただ、目を合わせるのが気まずくて……」

「……。……もしかしなくてもやはり私、あなたに何かしてしまっていましたか？」

「して……はいます」

迷いつつドロテアは言ってから、さっと顔を上げた。

「……サミュエル様は以前、一緒に城下町の飲み屋街に行った日のことは覚えてらっしゃいますか？」

「え、はい、もちろんですよ。あそこまで刺激的な出来事はそうそう、忘れられそうにありません」

「で、ではその日の帰りしなに、あなたが馬車の中で言ったことは？」

「…………何か言いましたっけ？」

さすがにそこまでは、覚えていないようだ。だが、それも仕方のないことだ。

日々、「ええー……嫌ですよ、面倒くさい」とぶつくさ言いながらもリュートに引きずられていくサミュエルだが、腐っても名門の貴公子だ。令嬢を褒める言葉なんて特に考えずともさらりと口を衝《つ》いて出てくるだろうし……その一つ一つのことなんて、覚えていないだろう。

ここまで意識しているドロテアの方が、変わっているだけだ。きっと。

「……いえ、たいしたことではないので、お気になさらず」

「いや、気になりますよ。もしかしてそのとき、私がドロテア様に無礼な発言でもして……ああ、ですがあの日は散々、失礼な口をききましたっけ……」

「それは役作りのために必要だったから、よいのです！　そ、それではなくて……」

「はい」

「……あ、あなたがわたくしに、愛らしいとか、そういうことを言っていたから……」

恥ずかしい。ものすごく、恥ずかしい。

これまではリュートやステイシーが照れる姿を真顔で傍観していたドロテアだが、いざ当事者になるとこんなに恥ずかしいものなのだと、今初めて知った。

ドロテアが白皙《はくせき》の頬を赤く染めながら言うと、サミュエルはゆっくりと首をひねった。

「……ああ。なんだかそんなことを申し上げた気もしてきました」

「……そう」

「……もしかしてドロテア様は私のその発言に照れて、私と距離を取られたのですか？」

「分かっているのならわざわざ口に出さないでくださる!?」

「し、失礼しました」

ドロテアが逆ギレするとサミュエルは珍しくも慌てた様子で詫び、こほん、と咳払いをしてから姿勢を正した。

「……そういうことだったのですね。私はてっきり、あなたに無礼なことを申したために愛想を尽かされたのだと思っておりました」

「そんなことは……ありませんよ」

「そ、そうですか」

「……」

「……」

「……ええと。ではひとまずこの件については解決、ということでよいでしょうか？」

「そ、そうですね。仲直り、というものですね」

思わずステイシーが使いそうな言葉で表現すると、サミュエルは小さく噴き出した。

「……ふふ。私たちって元々、そんなに仲がよかったですっけ？」

「どうかしら……でも、悪くはないと思います。それにこれから先、陛下と王妃殿下を共にお支えする同志であるのですから、仲良くあるべきだと思うのです」

「それもそうですね」

サミュエルはくつくつと笑ってから、ふとドロテアの目を見つめてきた。

「……同志、とか仲間、とかいうのも素敵なものだと思います。ですがそれではどうにも、こう、むさ苦しい響きではありませんか？」

「……確かに、若干暑苦しい印象がありますね」

同志にしても仲間にしても、どちらかというとリュートに似合いそうな言葉である。

サミュエルはうなずき、小さく笑った。

「……そういうことで、あなたのような可憐な女性に対して仲間呼ばわりするのは若干気が引けますが……まあ、よい響きですよね。これからも共に頑張りましょう」

「……」

「……ドロテア様？」

「……あなたの、そういうところ……ほんっとうに、よくないと思います！」

「ええっ!?」

サミュエルはぎょっとしたようだが、ドロテアはドレスを掴むときびすを返し、ずかずかと歩き出した。

彼は主君のリュートと違ってスマートなのだと思いきや、とんでもない。むしろ彼もリュートに負けないくらい鈍感で女心が分かっていなくて……そんなところがまた素敵だと、思ってしまった。

よくない。本当に……よくない。

「……でも、嬉しい」

ぽつんとつぶやいたドロテアは、自分の唇からそんな言葉が発されたことに驚いたように目を瞬かせてから、ごまかすように首を振って歩みを再開させたのだった。

＊　＊　＊

「なあ、サミュエル」

「何ですか？」

「ドロテアが先ほど、『あなただけでなくサミュエル様も一緒に、淑女の扱い方について学び直すべきだと思います』と顔を真っ赤にして言ってきたのだが……あれ、どういう意味だと思う？」

「ええっ、そんなことを言われたのですか？　知りませんよ、私は」

「……さてはおまえのことだから、自分でも気づかないうちにドロテアを怒らせるようなことでも言ったのではないか？」

「だからそんなことしませんよ。陛下じゃあるまいし」

「おい、それはどういうことだ」

やはり、国王の勘は鋭いようだ。

番外編2　リュートの悩み

リュート・アダム・ランメルスは、自室にいた。

「ステイシー……おや、まだ勉強中か？」

寝仕度を整えて使用人たちを退出させたリュートが寝室に向かうと、デスクに向かって読書をする妻の姿があった。

聖女だった頃は仕事の邪魔にならないようにまとめていることが多かった艶やかな黒髪が、背中に流れている。結婚を機に髪を切ったリュートと違いステイシーは伸ばすようにしているようで、リュートは妻のなめらかな手触りの髪に触れるのが結構好きだった。

リュートに声を掛けられたステイシーは振り返り、読書灯を消して微笑んだ。

「はい。三日後には、アマドラ帝国の海洋艦隊提督がお越しになりますからね。そのときに流暢にお話ができるよう、資料を読んでおりました」

「勉強熱心だな。だが、夜更かしをして寝不足になっては元も子もない。そろそろ休もう」

「はい、そうします」

ステイシーは資料にしおりを挟み、椅子から立ち上がった。さらりとしたネグリジェを纏うステイシーはリュートの手を取り、二人一緒にベッドに向かう。

リュートとステイシーが結婚して、半年が経った。最初の頃はいろいろとぎこちないこともあり、ステイシーも王城での生活に慣れずに戸惑うこともあったようだが、今では王妃としての姿も板に付いているとリュートは思う。

基本的にリュート主体の公務の補助を行うステイシーだが、三日後に来訪予定のアマドラ帝国海洋艦隊の接待会は、ステイシーが主催する予定だ。最初はいつものようにリュート主体となる予定だったが艦隊の提督が女性だと分かり、「ここは私の出番です！」とステイシーが張り切ったので、彼女に任せることにしたのだった。

頑張り屋で前向きなステイシーのことが、リュートは大好きだ。彼女ならきっと、提督との会談も問題なく行えると信じている。

ベッドに入ると、ステイシーはものの数秒ですこんと眠りに落ちた。元々彼女は寝付きがいい方のようで、いつも可愛らしい寝顔を見せてくれる。

「……おやすみ、ステイシー」

妻の額にキスを落とし、リュートも目を閉ざした。

元々リュートは朝の目覚めがすっきりしている方だが、ステイシーと一緒に眠るようになったからか、結婚してからはますます睡眠の質が上がったように思われる。

ステイシーはどちらかというと朝に弱いようなので、まだ眠っていたがる妻をベッドに残して朝の鍛錬に行き、それから遅れて仕度をしたステイシーと一緒に朝食をとるのが朝のルーティンだ。

朝食を終えた後で、それぞれの本日の行動予定について確認をする。

「今日の午前中、ステイシーは空きだったか」

「はい。公務はないので資料を読んだりお手紙の返事を書いたりします。午後からは、建設中の養護院の視察に行って参ります。陛下は、夕方まで会議でしたか」

「そうだ。では、夕食のときにまた会おう」

「はい。いってらっしゃいませ」

夕食まで別行動を取ることになったので、名残惜しいと感じつつもリュートはステイシーをぎゅっと抱きしめ、いってきますのキスをした。

最初の頃はキスをするたびに恥じらっていたステイシーも、今では照れつつも健気《けなげ》に応じてくれるようになった。そんな妻が可愛らしくて、ついぎゅうぎゅうとステイシーを抱きしめてしまったが――

「……あっ」

「ん？」

「い、いえ。陛下、そろそろお時間では……」

「む……そ、そうだな」

やんわりと胸を押されたため、おや、と思ったが、ステイシーの言うとおりなのでリュートは抱擁を解き、おまけにステイシーのつむじにキスをしてからきびすを返した。

……そういえばドロテアにも、「愛情表現は大切なことですが、時と場合を考えなさい！」と叱られることがある。ステイシーとのキスに夢中になって遅刻をしたら、ドロテアに怒られるだけでなくステイシーからも幻滅されるかもしれない。それだけは、何としても避けなければならない。

そうして急ぎ部屋を出たリュートだが――

「……いかん、資料を忘れた」

「ちょっと、陛下ー。結婚してから抜けてませんか？」

「す、すまない。取ってくる！」

廊下で待っていたサミュエルに呆れられつつ、リュートは今出たばかりの部屋に戻った。

そこにはもう、ステイシーの姿はなかった。資料はテーブルの上にあったので、リュートはそれを取ってきびすを返し――

「……なの。どうしよう」

続き部屋からステイシーの声が聞こえてきたため、足を止めた。あちらは、洗面所だ。

つい立ち止まってそちらの方を見ていると、続いてメイドの声が聞こえてきた。

「……いけませんからね。すぐに、うがいをしてください」

「そうするわ」

「……え？」

リュートは、思わず小さな声を上げた。だがとても小さな声だったし水の流れる音もしたので、ステイシーたちには聞こえなかったはずだ。

ステイシーが、うがいをする。それ自体はおかしなことではない。うがいをすることで口内のばい菌を吐き出せるため、クライフ王国の医療団体もまめなうがいを推奨している。

だが、なぜ、今、うがいをする？　そしてステイシーはつい先ほどまでリビングにいたのに、リュートが戻ってくる一瞬の間に素早く洗面所に移動するほど、急いでいた？

「……俺が、キスしたから……？」

ついぽろっとこぼしてから、リュートはさっと青くなった。

そういえば先ほど、もう時間だから……と距離を取られた。

あれはもしかしなくても……時間がないから、ではなくて、キスされたくないから、つっぱねたのではないか……？

　いやいや、とリュートは首を振り、廊下に出た。

「……待たせた」

「いえ。……あの、陛下。どうかなさいましたか？　顔色が優れないような……」

「気のせいだろう。では、行こうか」

　そう、気のせい、気のせいだ。まるでステイシーのことを信用していないかのような妄想に浸るなんて自分らしくないし、ステイシーにも失礼だ。

　そう自分に言い聞かせ、リュートは胸を張って歩き出した。


　今日も一日忙しかったので、夕方になる頃にはリュートは今朝の出来事はすっかり忘れていた。

「ただいま、ステイシー」

「おかえりなさいませ、陛下」

　自室のリビングに戻ってきたリュートを、ステイシーが笑顔で出迎えてくれた。妻が帰りを待っていてくれたことが嬉しくて、リュートは彼女を抱きしめるとそっとその頰に手を伸ばし――

「……あっ」

「……ん？」

「お茶の準備ができております。さ、こちらへ」

「……う、うむ」

ステイシーがそう言ってするりとリュートの腕の中から逃げてしまったため、不覚にも今朝のことを思い出してしまった。

ステイシーの頬に触れようとしたら、それとなく躱《かわ》された。今朝も、キスをした後でうがいをされた。

……もしかしなくても。ステイシーは、リュートに触れてほしくない……のではないか？

いやいやいやいやいや、そんなはずはない。リュートはぶんぶん首を横に振ってメイドに不審がられつつ、お茶の準備万全のテーブルに向かった。

ステイシーと一緒に飲むお茶は、おいしかった。……おいしいはず、だった。

残念ながら今のリュートには、お茶の味をじっくり味わう余裕がなかった。


夜になり、寝る時間が近づいてきた。

「そろそろ寝ようか、ステイシー――」

「申し訳ありません、陛下。今日は、自室で休ませていただきたいのですが……」

……ステイシーにやんわりと言われたリュートは、つい「なぜだ」と問い詰めてしまいそうになった。

国王夫妻用の寝室とは別に、ステイシー用の寝室もある。基本的に使われないのだが、ステイシーの体調が優れない日や、リュートが外泊して一人で大きなベッドで寝るのが寂しい日などは、自室で休んでいた。

ステイシーにはステイシーの事情もあるし、彼女の体調や精神の都合はリュートには分からない。寝る場所についても、基本的に彼女の意思は尊重したい。そう思っているリュートだが、今朝のうがい事件、夕方のスキンシップ拒否事件があったため、一瞬だけ心の奥がぐらついた。

……だが、リュートはステイシーを甘やかすと約束したのだ。彼女が一人で寝たいと望むのなら、一人で寝かせてやる。それが、リュートのするべきことだ。

「……そうか。いや、そういう日もあるだろう。……もしかして、体調が悪いのか？」

「そういうわけではないのですが……」

では、なぜ一人で寝たいのだろうか。もしかして、巨体で暑苦しいリュートと一緒に寝るのは、本当はあまり好きではないのか……？

だがリュートは心の中の黒い疑問を押し殺し、微笑んでうなずいた。

「それならいい。では、ゆっくり休んできてくれ。明後日は提督の接待もあるし、万全の状態で臨めるように心身を整えるのがいいだろう」

「はい、そうします。おやすみなさいませ、陛下」

「ああ、おやすみ」

……よくやった、自分。我が儘な心をねじ伏せてステイシーの意思を尊重したおまえは偉い、おまえは素晴らしい男だ、とリュートは自分を褒めまくった。

ステイシーがメイドたちを伴い、リビングを出て行って——しばらくして、リュートは寝室にステイシーが毎晩読んでいた資料が置きっぱなしになっていることを思い出した。

まだ就寝まで時間があるし、いつもの日課でこれを読むかもしれない。就寝の挨拶をした直後ではあるが、持って行こう。

そう思ったリュートはアマドラ帝国に関する資料を手に、王妃の私室に向かった。そこのリビングにいたメイドに資料を渡すと、「王妃様もお喜びになると思います」と笑顔で言ってくれたので、正直かなり安心できた。

では、戻ろう——と思ったリュートだが。リビングの隣にある洗面所のドアが薄く開いており、そこにステイシーの後ろ姿が見えた。

いくら妻とはいえ、寝仕度を整えている最中の女性の姿を見るのは、破廉恥だ。そう思って紳士的に目をそらそうと思ったのだが——ステイシーが前傾姿勢になって洗面台に顔を近づけている姿勢が気になって、足を止めた。まるで嘔吐でもしているかのような体勢が心配で、思わず彼女の背中を見てしまう。

「ステ――」

「王妃様、いかがですか？」

「ええ、少しよくなったわ」

ステイシーは隣にいたメイドとやりとりをして、彼女に何かを渡した。

「これでなんとかなるわ」

「それは、よろしゅうございました。……今後のために、酸味のある果実を取り寄せましょうか」

「ありがとう。……あの、このことは陛下には……まだ内緒でね？」

「もちろんでございますとも」

二人はまさか、背後にリュートがいるとは気づいていないようでそんな会話をしている。

リュートは音を立てないように廊下に出て、自室に向かい――はあぁぁぁ、と大きなため息をついた。

「うわ、陛下。なんですか、その湿っぽいため息は」

その場にいたのは明日の予定を確認していたサミュエルだけだったので、リュートは遠慮なくだらけることができた。

「サミュエル……俺は、愚かだった」

「はぁ……。……何が、ですか？」

顔を両手で覆うリュートはサミュエルの問いには答えず、いつになく素早く頭を回転させていた。

ステイシーが今朝、キスの途中で距離を取ったこと。夕方、スキンシップを躱したこと。夜、一人で寝たいと言い出して、その後気分が悪そうにして酸味のある果物云々の話をしたこと。

リュートは、女心が分からないながらに必死に考えて……そして、一つの仮定を叩き出した。これは、もしかして、もしかしなくても……とてもめでたい話なのではないか、と。

だからつい、リュートは信頼できる部下にぽろっと言ってしまった。

「……ステイシーに、子ができたかもしれない」

「……えっ!?　そ、それは本当ですか!?」

「直接聞いたわけではない。だが、先ほど洗面台で吐き気をもよおしている様子だったし、酸味のある果物を取り寄せるという話もしていた」

「……そういえば確かに、妊娠初期にはそういった症状が出ることもあるといいますね。あ、もしかして今夜独り寝をご所望になったのも、体調が優れないからとか……？」

サミュエルも同意のようだ。

優しいステイシーのことだから、リュートを心配させまいと空元気を発揮している可能性がある。

確かに、もし妊娠していて体調が悪いのなら、明後日の接待も代わりにリュートがした方がいいかもしれない。

だがステイシーはまだ、このことをリュートに言いたくないようだ。ならば、彼女の気持ちを優先して——今は何も知らないふりをするべきだ。

そう、もしこの推測が正しいのなら……彼女はリュートを嫌っているから、今朝から様子がおかしかったわけではないのだ。そう、決して、自分は、ステイシーに、嫌われているわけでは、ないのだ。

頭の中でいろいろな感情が大渋滞になっているリュートを見つめてサミュエルは小さく笑い、持っていた書類をとんとんとまとめてデスクに置いた。

「……おめでとうございます、と言うのはまだ早いようですが……ステイシー様からその報告を聞けるときを、私も楽しみにしております」

「ありがとう。そうなったらすぐに、おまえにも伝えるからな」

「光栄に思います」

サミュエルは微笑んで一礼し、部屋を出て行った。

リュートは寝室に向かって一人、大きなベッドに横たわった。だが、寂しいとは思わない。

……その晩、リュートは「生まれました！　女の子です！」と赤子を抱っこしたステイシーが笑顔で言う夢を見た。ただ彼女の腕に抱かれる赤子は、今のリュートと全く同じいかつい二十代男性の顔をしていた。
女児なのに。

＊　＊　＊

ステイシーはその後、アマドラ帝国の提督との会談が終わる日まで、一人で寝たりスキンシップを断ったりするということを続けていた。だが、妻から距離を置かれてもリュートは全く寂しくなく、おおらかな気持ちで見守ることができた。

きっと会談が終わるまで、ステイシーは頑張りたいのだろう。だから無事に海洋艦隊を見送ることができたら改めて話をしよう、と決めていた。

結果として提督との会談は、大成功を収めた。

リュートほどではないがなかなか体格のいい中年女性である提督は星女神教会の敬虔な信者ということもあり、ステイシーのことをとても気に入ってくれた。「また会おう、王妃殿下！」と大柄な提督と小柄なステイシーが固い握手を交わす様子を見守るリュートの胸は、自慢の妻に対する誇らしい気持ちでいっぱいだった。

その日の夜、夫婦の寝室に来たステイシーは興奮冷めやらぬ様子で頬を赤く染めて、提督との会話内容をリュートに報告してくれた。

「本当に素敵な方だったのです！　正直、最初は緊張していたのですが、提督の方から気さくに話題を振ってくださって……」

「それはよかった。提督も帰り際には、大変明るい表情をなさっていた。これも、ステイシーが全力でもてなしたからだろう」

「ありがとうございます！　リュート様にそう言っていただけて、嬉しいです！」

ステイシーが弾けるような笑顔で言うので、愛おしさが募ったリュートは彼女を抱きしめそうになり――そうだ、と思い立った。

「……その、ステイシー。提督との会談も終えたことだし……あなたから、聞かねばならぬことがある」

「私から……？」

「……おそらく会談に向けて、気を張っていたのだろう。だが……体調のことで、隠していたことがあるのではないか？」

やんわりと尋ねると、ステイシーははっとした顔になり、ばつが悪そうに視線をそらした。

「……やっぱりリュート様に、隠しごとはできませんね。……気づかれていたのですね」

「盗み聞きや盗み見をするのは無礼だと分かっていたが……あなたが調子が悪そうにしているのを、

知っていた。その、酸味のある果物云々のことなども……」

「まあ……そこまで聞かれていたのですね」

ステイシーは苦笑すると、居住まいを正した。

「……実は……できていたのです」

「う、うむ」

ステイシーは目を伏せて、ゆっくりと手を頬に当てた。

「……ひどい、口内炎が」

「……。…………………うん？」


ステイシー曰く、異変に気づいたのは提督到着の数日前の夜らしい。

口の中に違和感があり、次の日の朝には頬の裏側の皮膚がかなりの痛みを伴って白くただれていた。その状態で長時間キスされると痛みが増すのでやんわり距離を取り、メイドに相談したところ「口内を清潔に保つために、すぐにうがいをしましょう」とアドバイスされた。

正直、会話をするのもかなりしんどかった。だがリュートに口内炎のことを報告すれば提督との会談をキャンセルしようなどと言い出すかもしれないので、彼には絶対に言わないように、とメイドたちにも命じた。

その日の夕方にリュートに頬に触れられそうになったが患部を刺激されたら困るため、これもそれとなく躱した。そして一刻でも早く口内炎を治すため、メイドが購入してくれた特製の塗り薬を塗布する必要がある。だがこの薬、ねばっこい上に臭いがかなりきつかった。

よってその日の夜からは、独り寝を所望した。寝る前に洗面所で口の中に薬を塗り、その際に「酸味のある果物などを食べると、口内炎防止になる」と教えてもらったので、日頃からそういう果物を食べて予防できるようにしよう、と決めた。

幸い提督到着日には口内炎はかなり治まり、現在はほぼ完治しているという。

……というステイシーの話を、リュートは呆然と聞いていた。

「何もないと嘘をついて、申し訳ありませんでした。ですが、提督との会談は何ヶ月も前から準備をしていたので……絶対に他人任せにしたくなかったのです」

「……。……………そうか。もう、なんともないのだな？」

「はい！　私、昔から口内炎ができやすいので……これからも予防に努めます！　酸っぱいものを食べるとよいそうなので、日々の食事に取り入れてみますね」

「……そうだな、それがいい」

リュートはなんとか、平常心で応じることができた。

なお、彼はこれまでの人生で一度も口内炎になったことがない。口内炎だけでなく、風邪も発熱もひどい頭痛も、経験したことがない。健康なのが取り柄だった。

「……あ、そうだ。ちょうど明日、健康診断があるので口内炎のこともお医者様に相談しようと思います」

「……うん、それがいい」

「それから……あと、別に気になるところもあるので、それも相談しておきます」

「……ん？　そうか。何か困ったことでもあるのか？」

「ふふ……まだ秘密です」

そう言ってステイシーが微笑むので、妻の可愛い笑顔に絆《ほだ》されたリュートは、「何のことか気になるけれど、まあいいか」とあっさり受け入れたのだった。

＊　＊　＊

数日後、クライフ王国に吉報がもたらされた。健康診断の際に、王妃が懐妊していることが判明したのだった。

このことを知らされたリュートは最初、呆然としていた。だがすぐに喜色満面になってステイシーを抱きしめ——ようとしたが「腹の子に障ってはならない」と慌てて離れたので、「これくらい大丈夫ですよ」とステイシーに笑顔で言われた。サミュエルにも報告すると、「おめでとうございます！」と笑顔で祝福してもらえた。

……かくして、リュートがとんでもない勘違いをしていたことは、誰にも知られることなく終わった。

彼はこのことを墓場まで持って行こうと心に決めつつ、前よりもいっそう王妃を甘やかし世話を焼くことに精を出したのだった。

あとがき

皆様お久しぶりです。

レンガブロック粉砕陛下もとい『聖女が「甘やかしてくれる優しい旦那様」を募集したら国王陛下が立候補してきた』2巻をお手にとってくださり、ありがとうございます。作者の瀬尾優梨です。


2巻は、全編書き下ろしです。今回の物語の舞台の半分は、雪に包まれる北国です。私が住んでいるところは滅多に雪が降らないので、一面の銀世界というのに憧れています。その憧れが、この2巻の内容に繋がったのだと思います。

1巻に引き続き今回も様々な迷言を口にするリュートですが、中でも私のお気に入りは「筋肉が足りない」と「豚に、悪いことをした」の二つです。本文未読の方は、それぞれどのシーンで出てくるのかわくわくしながら読んでみてください。なお、豚本人は登場しません。

ではここからは、謝辞を。

1巻に引き続き、イラストは昌末様にご担当いただきました。私の拙い描写をうまく読み取るだけでなく、一つ一つのディティールにもこだわってくださったおかげで、最高の一冊になりました。ありがとうございました。もはや作者である私よりずっと内容に精通してらっしゃるのでは、と思っております。

担当様も引き続きご指導くださり、大変お世話になりました。いつもいただくメールの文面からも優しさが溢れており、だらしない私はいつも励まされていました。

また読者の皆様にも、厚くお礼申し上げます。ステイシーとリュートが結婚するまでの物語を紡ぐことができたのは、皆様のおかげです。ありがとうございました。


最後に、とっておきのお知らせです。

本作品がコミカライズします！　片手でレンガブロックを砕く陛下や屋敷をぶっ壊すステイシーが漫画になります！　なんということでしょう！

◆コミカライズ担当　橋井こま先生
◆連載媒体　マンガＵＰ！

◆連載開始日　10月8日（日）

橋井先生が描かれるリュートが格好いいのはもちろんだけれど笑顔はどこか可愛らしく、ステイシーは照れ顔がきゅんきゅんします！　漫画になっていっそう、二人の身長差と体格差が映えています。あと、猫がむっちゃ可愛いです。最高です。

是非とも、二人が漫画で活躍する姿をご覧ください。

それではまたどこかで、お会いできることを願って。

煩悩

あとがき

イラストレーターの昌末です。
作中では1巻に増して絵的にも
ラブ度が増し、新たなるカップル
(推せる…)も爆誕して読後の
ハッピーもひとしおかと思います。
私もそうでした！！

そしていよいよ橋井こま先生の
コミカライズも開始するとの
ことで私もとても楽しみに
しております！！！

昌末

はじめまして。こんにちは。
本作のコミカライズを担当させていただく、
橋井こまと申します。

自分の信念にまっすぐなステイシーを見ていると、
もっと自分のために生きてもいいんだ！と思わせてくれます。
どうにも忘れがちです。
そして陛下とのピュアな恋模様がとてもかわいい……！

これからも彼らを応援しつつ、マンガでどう表現すれば、
原作の素敵な物語をより伝えられるだろうか…と試行錯誤しながら、
原作ファンの方々にも楽しんでいただけるように頑張りますので、
ご興味があれば、どうぞよろしくお願いいたします……！

SQEXノベル

聖女が「甘やかしてくれる優しい旦那様」を募集したら国王陛下が立候補してきた 2

著者
瀬尾優梨

イラストレーター
昌未

2023年10月6日　初版発行

発行人
松浦克義

発行所
株式会社スクウェア・エニックス
〒160−8430
東京都新宿区新宿6−27−30　新宿イーストサイドスクエア
（お問い合わせ）スクウェア・エニックス　サポートセンター
https://sqex.to/PUB

印刷所
図書印刷株式会社

担当編集
増田翼

装幀
小沼早苗（Gibbon）

ISBN978-4-7575-8846-2 C0093　Printed in Japan